CB014623

Lâmina do Tempo
e outras histórias do amor

MOACYR MOREIRA

LÂMINA DO TEMPO

E OUTRAS HISTÓRIAS DO AMOR

contos

Ateliê Editorial

Direitos reservados à
ATELIÊ EDITORIAL
Rua Manuel Pereira Leite, 15
06709-280 – Granja Viana – Cotia – SP
Telefax: (0--11) 4612-9666
www.atelie.com.br
e-mail: atelie_editorial@uol.com.br

Printed in Brazil 2002
Foi feito depósito legal

Para minha mãe,
força cega e luminosa

Para meu pai,
homem lindo e amoroso

Caminhos não há
mas os pés na grama
os inventarão.
Ferreira Gullar

Sem os trevos no jardim
não sei se escreveria esta escritura,
ninguém sabe o que é um dom.
Adélia Prado

E Deus fez o amor profundo
e escondeu do mundo
pra ninguém ver.
Antônio Carlos Jobim

Sumário

A alma humana é traidora e voraz.
Em sua traição, desvia-se do olhar assustador
que pelo espelho nos acusa impune.
Em sua voracidade, devasta o coração
que transgride o amor institucional,
o sentimento sovina dos colegas de repartição.
E nessa traição voraz,
segue iludida e árida,
oculta em suas profundezas indecifráveis,
na existência pacata
do monogâmico homem ocidental.

Apresentação

Surge o primeiro livro de contos de Moacyr Moreira, aliás, Moacyr Vergara de Godoy Moreira. *Lâmina do Tempo* é um admirável sobrevôo da prosa do autor, que aos quase trinta anos se aventura pelo complexo terreno da ficção.

Aventura bem-sucedida, diga-se já. E moderna também, no melhor sentido do termo. Parece que nos encontramos, esbarramos, em pílulas de linguagem, em prosa esparsa e não delimitada. É característica do autor uma simpatia perene pela sugestão — como a querer dizer ao leitor que ele mesmo, leitor, deve completar a idéia, a frase, o conto, com suas próprias palavras.

Pílulas de linguagem também no seu sentido literal: duas seções de *Lâmina* — "Versículos" e "Três Movimentos" — são compostas por microtextos de minuciosa elaboração. Aí também predomina outra característica de Moacyr: a preferência pelo circunstancial, pelo efêmero. Mesmo sendo o material formado por contos, uma boa dose de pessimismo e de impossibilidade sublinha todo o volume, parecendo assinalar, permanentemente, que a questão, não diria da felicidade — isso já seria exigir demais do ser humano —, mas da satisfação é quase tão improvável quanto.

Não admira que os personagens de Moacyr Moreira caibam folgadamente em certa roupagem desconjuntada da ação. Explicando melhor, eles parecem estar sempre descompassados da ação presente. O que eles querem agarrar, não só parece afastar cada linha, como desaparece no ar rarefeito que oxigena cada um dos textos que compõem *Lâmina do Tempo*.

Ousaria afirmar que o trabalho elaborado do autor com o efêmero aproxima vários dos seus textos do gênero crônica — e crônica, nunca é demais lembrar, é basicamente recorrência ao cotidiano. Nesse sentido, aquele convite de Moacyr a que o leitor preencha essa ou aquela lacuna do texto com suas próprias palavras ou idéias torna, de certa forma, a leitura — entendida no seu sentido mais amplo — circular.

Finalizando, segundo notícias sobre o autor, Moacyr prepara no momento um romance (*O Eu profundo*), uma coletânea de textos de jornal (*República das bicicletas*), e a tradução de uma antologia poética do badalado poeta norte-americano Robert Frost. Ou seja, um início nada menos que promissor.

Francisco Costa

Jornalista e Editor da Revista USP

Lâmina do Tempo

Primeiros Elos

para Cacá Moreira de Souza

Trabalhavam num edifício vasto e repleto de caminhos. Ela fazia as vezes de escrivã ou mesmo de recepcionista do andar, pavimento térreo em que se encontravam. Ele tinha posição mais estável dentro da companhia. Despachava a correspondência de praticamente todas as seções da empresa, menos a do diretor geral, e a do presidente, que tinham lá suas secretárias para servi-los na ingrata função.

Diante do entroncamento das vias, viam-se muito pouco. Enquanto ela recebia os clientes, ele selava envelopes; enquanto ele saía às ruas, ela redigia memorandos. Certa vez, em meio à aglomeração diária que marcava o ambiente, descobriram num sobressalto que, apesar de trabalharem em corredores paralelos, havia no final de ambos um terceiro que, num elo indissolúvel, ligava os caminhos que se opunham. Antes eram como o viajante que observa pensativo as margens do rio, imaginando placidamente como haveria de transpor a barreira inesperada. Agora sabiam da ligação.

Passaram a utilizar com mais freqüência o corredor. Ela buscava alguns papéis esgotados, passando por ali, mesmo podendo fazer o percurso mais breve das saídas laterais. Ele, que naturalmente recebia os malotes etiquetados, começou a encarregar-se, com muito desvelo, de buscar nos lugares mais distantes as cartas do dia, palmilhando os obscuros ladrilhos do corredor recém-descoberto, explorando a nova rota com cautela, certificando-se das exatas dimensões, das sombras projetadas na parede branca, das portinholas que se sucediam anônimas.

E, em contraposição ao mecanismo dos carimbos, à obviedade dos cumprimentos friamente polidos, passaram a trabalhar com mais eficácia e alegria. Ele coordenava a correspondência com maior precisão. Falava aos companheiros de sala como nunca, dava-lhes conselhos. Pedia que tivessem mais paciência com o filho insatisfeito, com as intempéries da contabilidade, com a esposa exigente. E, a cada dia, atravessava o corredor que levava ao paralelo com mais segurança. Havia delimitado seu território, agora restava colonizá-lo: delegar poderes administrativos, semear a terra que lhe era de direito. Ela, naturalmente mais amável que o amigo, tornou-se ainda mais doce. Era um prazer para os usuários chegar ao edifício e, mesmo esperando por horas, ouvir a suavidade da voz que orientava o movimento e indicava os destinos, chamando cada um pelo nome.

Os mais atentos chegariam a jurar que ela, ao digitar os contratos e petições, cantarolava. Baixinho, mas cantarolava. E o sol, observador atento, invadia o pequeno recinto que ela dividia com os colegas, agora ainda mais fraternalmente.

Num dia em que o movimento parecia triplicado, as pessoas acumulavam-se ansiosas. Algumas senhoras menos habituadas aos trâmites do cotidiano burocrático solicitavam um mísero assento ou um *copo-d'água-pelo-amor-de-Deus*. E foi numa dessas missões filantrópicas, equilibrando um copo para uma cliente já sem forças, que ela se defrontou, assim, olho no olho, pela primeira vez com ele. Segundos multiplicaram-se em meio à multidão afoita. E, no olhar delator e quase cúmplice, ponderaram – cada um na sua admiração inconfessa pelo outro – se deveriam dizer alguma coisa ou apenas acenar com a cabeça.

Na falta de argumentos poderosos, seguiram os caminhos já traçados sem se cumprimentarem, sem trocarem palavras. Arrependeram-se de imediato. Continuaram caminhando, agora lentamente, recapitulando a cena de todos os ângulos, de todos os pontos de vista, tentando encontrar o detalhe que havia desencadeado o trágico silêncio. Ele se condenou por não ter olhado as mãos dela. E se fosse casada ou mesmo noiva? Ela se perguntava por que não havia dito a centena de coisas que arquitetara nos momentos de tranqüilidade, de discreto devaneio. Ele, numa consolação premeditada, aconselhava-se em pensamento de que não deveria exigir reação de naturalidade absoluta num primeiro confronto. Ela se martirizava com a possibilidade de nunca mais vê-lo, ou melhor, de não mais poder aproximar-se dele de forma tão repentina e gloriosa.

Algum tempo depois, numa tarde tranqüila e calorenta, ela tomou coragem e invadiu impiedosamente o gabinete em que ele trabalhava. Sem armas. Sem exércitos. Penetrou no aposento, aproximou-se do homem que lacrava calculadamente um envelope e solene perguntou:

"O senhor poderia despachar algumas cartas de caráter pessoal da nossa seção?"

Olhou bem para ele e, sem esperar resposta, retirou-se. Ele se perdeu completamente diante da formalidade da mulher; os colegas voltaram logo as atenções ao que faziam. Enquanto imaginava que jamais teria coragem de aproximar-se com tamanha desenvoltura da escrivã, distraiu-se da encomenda e qual não foi sua surpresa ao averiguar que, no primeiro envelope, encontrava-se impresso, com letras bem desenhadas, nada menos que seu próprio nome. Rasgou o envelope: *Gostaria de falar-lhe no domingo, às 15:00hs, próximo ao lago do Parque Norte. Junto aos ipês amarelos.*

Não compreendia. Pensava no pior: o que ela poderia querer com ele? Alguma reprimenda, algum conselho sobre um comportamento seu inadequado de que não se recordava, é certo, mas que a moça pudesse ter notado e preferido o ambiente distanciado das rotinas para não o encabular diante dos colegas.

Assim mesmo, comprou-lhe flores. Deteve-se por alguns instantes diante da banca pela qual passava, distraidamente, todo domingo. Escolheu as mais frescas e vistosas. Tinha um gosto harmonioso o encarregado. E, harmoniosamente também, escolheu com cuidado o traje que usaria no encontro. Sóbrio. Elegante.

Chegando ao local, estendeu-lhe a mão, sentindo-se um pouco ridículo. Ela simulou indiferença e certo desdém, deixando-o encabulado. Percebendo a reação do homem, emendou-se e agradeceu-lhe reverente; que se lembrasse, jamais tinha recebido flores tão delicadas. Falaram do escritório, na suposta despretensão da primeira conversa. Ele apreciava o ofício, sua saleta, as instalações estreitas. Lembrou-se do paralelismo que os afastava e ao mesmo tempo os unia através de um terceiro elemento, travessia serena por sobre um meridiano que delimitava territórios independentes, que sobrepujava seu tratado de Tordesilhas. Ela pensava em transferir-se a andares mais íngremes de onde poderia, entre uma tarefa e outra, olhar as distâncias que os circundavam. Não gostava do andar térreo firmado no chão. Ela falou então em ver as montanhas também distantes, conhecer novas cidades e, até outros estados. Preparava-se para tais jornadas já havia algum tempo e a possibilidade de partir brevemente não era nada remota. Queria ver nova terra, pisar chão desconhecido.

Conhecendo tantos planos ele sentiu um certo constrangimento. Num impulso que atiçou a curiosidade da amiga, ergueu-se, olhou fundo o treme-treme das águas do lago à sua frente e contou a ela, em confidência, que desde menino sonhava com o mar, adquirir um barco ou tomar carona num cargueiro. Navegar. Ela se arrepiou inteira ao imaginar o balanço excessivo em meio às tempestades. Ele só pensava na leveza da brisa a emaranhar-lhe os cabelos.

E seguiram explanando rotas, elucidando planos, banalizando o tempo, avistando os desejos agora menos ocultos um do outro. Mesmo com viagens planejadas para outros destinos, mesmo vivendo em caminhos paralelos, havia a conexão escancarada a aguardá-los. A cada palavra, entendiam-se mais. Admiravam extasiados os primeiros elos.

No sacolejar matreiro dos pequenos arbustos, que serviam de limites ao parque, ele vislumbrou a vela inflada de sua nau imaginária e, ao despertar do pensamento com a moça ao seu lado, sentiu de longe a terra à vista: ela rocha, ele maré.

A Descoberta do Fogo

Éramos quatro guerreiros. Eu, a única integrante do sexo feminino, tinha por parte dos outros certa proteção que me incomodava – sabia ser muito mais forte que todos eles juntos. Seguíamos incansáveis, atravessando riachos e cavernas, rochedos infindos e matas fechadas. Quanto céu. Quanto mar. Quantas conquistas de um grupo de combatentes que deixariam D'Artagnan e os mosqueteiros envergonhados de sua inabilidade e covardia. Estávamos em missão de descoberta, exploração de terreno desconhecido, quando foram distribuídas as funções: Rafael faria a abordagem inicial, Fernando, à pequena distância, observaria atentamente as manobras do outro, prestes a nos dar um sinal ou defender o companheiro a qualquer custo. Eu e Marco Aurélio nos posicionávamos de forma a dar cobertura e, ao mesmo tempo, permitir uma aproximação quase que simultânea de todos.

Recebemos o alerta para chegarmos perto do inexplicável monte de rochas que atravessava nosso caminho. Diante de tamanha maravilha nos orgulhávamos de ninguém ainda haver descoberto tal tesouro. Olhamos as pedras arredondadas, como se polidas uma a uma, caprichosamente empilhadas, organizadas desorganizadamente para que se pensasse que o arranjo era aleatório. Ficamos alguns minutos sem planos ou estratégias frente ao esplendor da novidade. Marco Aurélio aproximou-se, apanhou uma das pedras, deu alguns passos para trás de onde estávamos e atirou a preciosidade recolhida em direção ao ninho que acolhia as outras jóias. Não acreditamos ser a melhor forma de iniciar a operação, mas Marco Aurélio era o mais velho do grupo.

Ele então gritou:

"Vejam, a pedra, quando bate nas outras, sobe até o espaço. Mas tem que jogar com força."

A partir de então, tínhamos um objetivo. Rafael logo apanhou sua pedra superando em muito Marco Aurélio, dando um sorriso leve que indicava sua habilidade e ao mesmo tempo sugerindo que poderia fazer muito melhor. Eu disse que Marco era o mais velho, mas quase não fazia diferença. Tinha nove anos e nós, os outros três, apenas oito. Fernando realizou um arremesso magistral, ficamos preocupados com a possibilidade de não alcançar sua marca. Na minha vez, todos me olharam meio desanimados considerando meu desempenho como sorte de principiante e uma nova rodada de ataques implacáveis iniciou-se. Foi quando Marco Aurélio arremessou sua pedra e um espetáculo que pareceu ilusório deixou-me estática. Marco continuou e fui-me afastando, observando o fenômeno e Rafael percebeu-me assustada, demorando um pouco para entender minha atitude. Quando também viu, parecia que uma manada de elefantes se aproximava, coisa que não seria problema para nós. O último a perceber foi Fernando, mergulhado na intenção de superar os êxitos do membro fundador do nosso poderoso clã – o Marco. Fernando retomou a posição de observador que assumira antes de examinarmos a pilhas de ovos de ouro. Marco Aurélio parecia em transe com as pedras que subiam a distâncias inimagináveis conforme variava o ângulo de incidência de seus disparos. Descartes havia aprendido com os canhões de Nassau, ele com nossa nova descoberta. Fernando, Rafael e eu olhávamos as pedras arremessadas por Marco Aurélio que, ao chocarem-se com as outras, produziam uma faísca luminosa, brilhavam no escuro. Constatávamos o que seria a maior revolução na história da humanidade.

No início talvez tenha sido assim: Eva, a primeira mulher, olhando o primeiro homem a rachar crânios, a bater pedra com pedra fazendo lascas, selvagemente compenetrado, as faíscas brotando sem explicação. E ela a bradar, na língua ou grunhido em que se entendiam:

"O fogo! O fogo!"

Descoberta incontestavelmente realizada pela mulher, imaginava aquele momento no qual, das entranhas da natureza, fluíra irregular a seiva poderosa.

"É com a fricção que acontece. É com a fricção..." sussurrou-me espantado Rafael.

Não sei até hoje de onde ele tirou tal palavra, mas a questão é que era realmente o atrito que possibilitava a chama, chama que queimaria o herege, que daria luz à cidadela, que alumiaria o caminho e a pena do poeta.

E, com a força de tal revelação, fiquei também espantada

com o calor que, do solo, outrora infértil, subia-me pelo corpo. Ardente. Vulcânico. E Rafael me olhando com olhos de lobo... senti vontade instintiva de me aproximar dele.

"Carolina, Carolina!"

Era a voz da mãe. Longínqua. Precisa.

Procurei Rafael com o olhar. Sabíamos que, a partir de então, conhecíamos um mistério e um segredo.

E a voz de minha mãe continuou ecoando, ecoando, até que não podíamos mais ouvi-la.

Oito Meses

Tantos dias ao lado dela que perdera o referencial. Não sei como. Não sei quando. Como os russos na estação espacial que não volta pra casa. Não se sabe as horas. Nem onde. Nem porque. Mulher terrível aquela. Disforme. É como poderia imaginá-la caso longe dela estivesse: alguém que não tem forma, não tem hábitos, não tem defeitos nem qualidades.

"Querido, as compras."

E o querido afastava-se de nós, ia o idiota buscar as sacas repletas de futilidades. O arroz era de caixinha. O feijão de lata. Verduras pré-cozidas. As frutas, cristalizadas. Nada naturalmente natural. Como se visto do fundo de uma sala em que o ar viciado há muito não permitia a inspiração completa, eu me encontrava. Meia inspiração. Dádiva para os que se contentam com pouco oxigênio. Eu não. Lente distante do foco habitual, via aquela mulher sem limites definidos com desconfiança. Passei a me questionar o porquê de estar tão junto dela, visto que não conseguia senti-la. Eu não me comunicava. Ela sempre fora incomunicável.

Ruídos de crianças não havia. Menos mal. Ela, indiferente. Instinto materno frustrado? Necessidade de auto-afirmação? Ela secamente me olhava, por poucos minutos. Não dispensava mais tanta atenção a mim. Não me pergunte desde quando, já disse que estava numa espécie de estação espacial.

"Vou sair", gritou batendo a porta da sala. Ou teria sido o vento?

Por que avisar sobre algo que não podia impedir nem aprovar?

"Olha só", disse ao telefone antes de sair, "não sei se poderei estar aí no horário. Trânsito engarrafado, sabe como é . . ."

Não ouvi mais nada. Que horário? Era para mim uma existência atemporal. Cheiro de maçãs. Era o que eu percebia, maçãs envelhecidas, persistindo com teimosia inconveniente.

Ela voltou. O apartamento de cortinas cerradas não permitia saber se era dia, fim de tarde, noitinha. Pensei em dar uma bronca daquelas, coisa de diretor de colégio para impressionar criança malcriada. Desisti. Não estou nem aí para ela. Pra toda a cidade. Pro mundo inteiro. Vermes corrosivos, acham que me incomodam.

Ela surgiu após longo banho. Parecia limpar-se da imundice das ruas, da imundice que fizera. Cheiro de maçã com creme hidratante. Este fresco, aquele irritante, levemente adocicado. Chegou perto, olhou-me firme nos olhos:

"Você não tem jeito mesmo!"

Beijou-me a testa, perguntou se estava tudo bem. Não respondi. Arrastei-me até a varanda, não teria condições de saltar: a grade, uma altura descomunal. Trouxe-me leite. Não sabia o porquê daquele afastamento, agora ofertava-me um leite estranho que não me servia. Fiquei imóvel, os olhos fixos no líquido branco sem graça. A Lagoa lá embaixo. Luzes poderosas coloriam a orla artificial, eu olhando, não entendendo. Descobrira algumas coisas, outras, apesar de bem à minha frente, permaneciam obscuras. Ela atendeu o telefone:

" Ele está bem, um pouco quieto", disse quase num sussurro.

Pensei que ela era tudo e ao mesmo tempo um imenso abismo. Amava-a sem saber exatamente o que era amor, uma profundidade de sentimento que não me cabia. Ainda ao telefone:

"Fico preocupada de deixá-lo assim, algumas horas sozinho. Às vezes olha-me com estranheza, às vezes como se compreendesse todos os mistérios do universo. Nem parece ter apenas oito meses."

Pelada na Várzea

para Umberto Candia Filho, *in memorian*

Hoje é dia dezenove de abril. Em exatos quatro meses, meu filho faz vinte e sete anos. Mais difícil que ter um filho adolescente é ter um filho com 27 anos. Não há indefinições, não há perspectivas de uma futura profissão, de um futuro a porvir. Um homem, como eu. Apenas um pouco mais jovem. Sinto-me envelhecido com esta situação, amenizada quando os amigos do futebol perguntam:

"E o garotão, como vai?"

Penso que talvez eu não esteja assim tão velho, afinal, um filho garotão. Meu receio é que, como envelhecemos juntos, desde os tempos das peladas na várzea, com o glorioso Estrela da Penha, até o bate-bola semanal de hoje, temo que o comentário seja também uma forma de eles não se sentirem tão velhos, pois se o meu é garotão, o deles também é. As filhas, brotos – não perdemos a mania das antigas gírias: Bicho, semana da pesada!

Nos calendários e agendas executivas uma data: dia do índio. Dezenove de abril é na semana do descobrimento e de Tiradentes. Feriado um , o outro não. Não entendo o critério para tanto feriado. Na televisão, discursos inflamados exaltando nossos irmãos de pele vermelha. No congresso, deixaram os índios entrar, cantar na Esplanada dos Ministérios e fazer passeata. Uma vez por ano não vai fazer mal a ninguém, ouve-se nos gabinetes dos branquelos. Pega bem mostrar que somos condescendentes. Uma hipocrisia tamanha de quem toma mais terra de índio que queimada na seca.

Sinto que os dias se passaram com a velocidade de um cometa. Meu menino aprendendo a andar, dando os primeiros chutes numa bola que era quase do tamanho dele, os primeiros problemas na escola, a bicicleta roubada, os amigos também banguelinhas na troca dos dentes de leite, tentando cantar parabéns. Aquele moleque que batia na minha cintura hoje é maior que eu. Abraça-me com carinho e tem um orgulho doido de aparecer em público com o braço apoiado no ombro do pai. Dia desses, surpreendi os velhos amigos lhe contando histórias:

"Teu pai, garoto, foi o maior zagueiro que o bairro teve. Todo ano, ganhava troféu de melhor da temporada. Podia ter sido profissional. Se ele joga bem hoje, imagina na época. Um jogador sem firula, entrando firme no lance, sem dar brecha pro adversário, mas sem usar violência."

E o menino me olhou com os olhos brilhando, só faltou dizer: tá vendo pessoal, esse é o meu pai. Penso que nunca pude jogar futebol com meu pai. Sempre trabalhando, sempre ocupado, até que, nos meus doze anos, teve um derrame e não pôde mais andar. Tive que pegar no batente, futebol só de final de semana e nada de o velho poder brincar comigo.

De uns tempos pra cá, alguns filhos passaram a fazer parte do grupo do futebol. O meu foi um deles. Às vezes, ele me pergunta se está jogando bem. Dou aqueles conselhos que todo brasileiro, técnico de futebol em potencial, daria: procure caprichar no passe, levante a cabeça quando for chutar no gol, não enrole muito com a bola no pé, posicione-se melhor para cabecear o escanteio. Coisa de técnico aposentado. Coisa de pai.

Lembro da bola Sócrates, que sumiu no mato depois de um chute forte. Presente de Natal. O garoto nem chorou, devia ter uns sete anos. Era uma bola azul e branca, bonita, e ele me olhou, depois de constatado o desaparecimento do precioso objeto, como quem diz: fazer o que, né pai! Depois a gente arruma outra. Não guardava mágoas, incapaz de se zangar com as irmãs, com os colegas, mesmo depois de adulto. O trenzinho que foi tão difícil de comprar, os balões que fazíamos no São João com cola de maisena para não ficar tão pesado. Balão de todo jeito: caixa, mexerica, charuto, careca de padre, com boca larga e tocha pequena para cair apagado, tocha feita de saco de estopa com breu e vela moída para pegar rápido, subir bem alto e cair devagarinho. Nunca vi tanto balão quanto na final da Copa de 58. Uma coisa impressionante: o céu pintadinho de estrelas, os próprios balões, pois ainda não havia escurecido. Em 70 também teve balão à beça, mas não como em 58.

Lembro da primeira recuperação, em matemática, em que ficamos até altas horas resolvendo equações insolúveis, eu não entendendo nada, apenas ficava ali dando força e fingindo que compreendia pelo menos um pouco daquele emaranhado de letras e números. Quando ele fez dezessete anos, íamos jantar fora, ele nos perguntou se poderia levar uma pessoa. Olhei para a mãe dele, de lado, tentando manter a seriedade e disse que sim. Trouxe, no dia da festa, uma menina lindíssima, olhos muito claros, cabelos lisos, muito educada e com um sorriso de sinceridade que vi poucas vezes na vida. O pai a deixou em nossa casa, prometi levá-la logo após o jantar. O homem parecia assustado, como eu. Na verdade, eu estava mais surpreso que assustado. Os pais das meninas sofrem infinitamente mais. Fomos comer, meu filho e a filha do homem que conhecera há pouco não falaram muito. Sempre de mãos dadas, apaixonados, isolados numa estrutura imantada que os fazia seres especiais, vivendo como que num aquário de peixes caros, porém venenosos, aos quais as pessoas podiam admirar, mas jamais se aproximar demais, jamais tocá-los.

A primeira vez que dirigiu, quase subiu na calçada com o carro, imprudência minha, achando que o garoto já nascera sabendo. Começaram, então, as aulas de volante, nos domingos pela manhã, até que passou a dominar os pedais e engrenagens. Aprendeu a olhar em todos os espelhos, a perceber se um pneu estava furado ou esvaziando-se, problemas com ruídos sinistros e luzes de freio. A entrada na faculdade e o dia da formatura. Não sei dizer em qual das vezes o coração bateu mais forte. Chegou todo sujo de ovo, violeta de genciana, os cabelos engomados com uma mistura de pasta de dentes, tinturas multicoloridas e sabe-se lá mais o quê. O período da faculdade passou voando, o menino sempre estudando ou saindo com os amigos, com as garotas.

"Pai, me empresta o carro? Pai, vou com um pessoal num barzinho."

Demorei para descobrir que barzinhos não eram os botecos fétidos de minha juventude. Fomos uma vez a um barzinho, até que eram ambientes sofisticados, cheios de uma moçada bacana e com música ao vivo. Alguns tinham até piano de cauda.

"Pai, me dá uma grana pro cinema. Pro show. Pra gandaia. Pra comprar livro."

E o moleque comprava livro adoidado. A mãe sempre dizia:

"Deixa o menino. Pelo menos não tá gastando dinheiro com bobagem."

E o quarto dele ia se parecendo cada vez mais com uma fortaleza, uma pequena cama cercada de muralhas de estantes, abarrotadas de livros de todos os tamanhos e formas, enciclopédias, romances, livros da faculdade, até livros de poesia. Eu nunca entendi muito essa paixão. Talvez porque em minha casa não havia livros. Meus pais nunca leram, minhas irmãs usavam os livros da escola e depois jogavam fora. Mas admirava, de longe, o amor de meu filho por aqueles pequenos objetos de papel, cheios de folhas repletas de letrinhas, em vários idiomas, que provavelmente o levaram a universos distantes, a paisagens jamais avistadas e a paixões tão ardentes que chego a ficar vermelho só de imaginar. Nisso éramos muito diferentes.

Semana passada, ao chegar no futebol, a turma relembrava episódios memoráveis:

"Escuta garoto, essa é boa."

E passaram a narrar entusiasmados:

"Final do campeonato. Várzea da Penha, ali, perto do Tiquatira, onde hoje é um jardim enorme e a velharada anda de manhã para perder a barriga. A gente tinha que fazer dois gols, os caras do Jabaquara estavam bonitos na tabela. Os sujeitos vieram com tudo, teu pai salvou umas três bolas que seriam gol na certa."

"Passado o susto inicial, percebemos que dava pé. O Celso,

nosso centroavante, estava com a macaca. O centro-médio, Serafa, também estava jogando um bolão. Teu pai levou uma bola da intermediária até o outro lado, tocou pro Serafa, Adãozinho centrou e o Celso meteu a testa nela. Um a zero. Sorte que o jogo era na Penha. Os caras ficaram doidos e começaram a dar botinada. O Crispim entortou dois e tomou um sarrafo que o levantou meio metro do chão. Viu estrela! No intervalo ele nos contou que o camarada chegou na orelha dele e disse: *Várzea não é circo. Outra dessas eu quebro tuas duas pernas.*"

"Na várzea não tem essa não. O sujeito pode jogar bem, mas se quiser humilhar o adversário, apanha do time inteiro. O Garrincha, na várzea, não jogava seis meses. No finalzinho do jogo, o Jabaquara já tava comemorando. Córner pra gente. O Jangola bateu forte, até nosso goleiro foi pra área. Teu pai cabeceou junto com o zagueiro deles, a bola bateu na trave e voltou justamente no pé do Celso. O negrão não perdoou."

"O tempo fechou de vez. Faltando uns cinco minutos, a torcida já estava louca pra invadir, os caras resolveram partir pra ignorância e quase racharam o Quinho no meio. Mas não teve jeito. O juiz apitou, os caras ameaçaram um pau mas tinha muita gente nossa. Xingaram uns dez minutos e depois desistiram. Teu pai e o Celso foram carregados, garoto, nosso centroavante parecia o Pelé na Copa de 58, todo mundo bajulando o crioulo."

"Tomamos todas e fomos para Santos, no caminhão do pai do Jangola, pra comemorar. Todo mundo chutado, dormimos na areia da praia. Resultado: acordou todo mundo parecendo camarão. Teu pai não conseguia nem andar, moleque."

"Chega de papo e vamos jogar, pessoal!"

E fomos jogar. Mais uma vez. O grupo todo ali, sempre os mesmos que faziam os gols, que salvavam a meta em grandes lances, que reclamavam de tudo. E meu garotão ali, jogando com a gente. Outros garotões haviam se juntado aos velhos nos últimos anos. O Aguinaldo não jogava mais. Mas toda semana aparecia, ficava gritando o nome de quem fazia bobagem, de quem perdia gol, de quem tomava tombos homéricos. O Zóio parou, ninguém sabe porque. O Tico morrera em um acidente há dois anos. O Pinduca também não estava mais entre nós. E os garotos foram chegando, completando o time.

"Pai, passa a bola!"

E a memória se perde no grito do menino, de cinco, sete, doze, quinze, vinte e seis para vinte e sete anos, num eco que vai até o passado mais distante e retorna ao presente, numa relatividade temporal inexplicável de milésimos de segundo que parecem durar horas, em câmera lenta. Sucedendo alegrias e tristezas vividas tão intensamente ao longo de todos esses anos.

"Toma, meu filho, vai com bola e tudo pra dentro do gol."

Pólvora Úmida

"A umidade instaurou-se por entre os grânulos de pólvora."

Foi a frase proferida com ênfase pelo Representante das Classes. Todos aplaudiram demoradamente, a grande maioria não entendendo exatamente o que o homem quis dizer.

A reunião, então, não tinha mais razão de ser: o veredicto já estava dado. Restava agora averiguar os responsáveis. Quem teria permitido tal tragédia? Quem estaria por trás de tamanha crueldade?

Toda comunidade alvoroçou-se. Cada um, entre os seus, tinha opiniões e suspeitas bem articuladas. Mas, em público, o assunto era tratado veladamente, com insinuações de ausência de conhecimento dos complexos meandros do dilema.

O Vice-Rei, homem forte do lugar, porém um banana, deixava tudo por conta do homem que representava as ditas classes. A proposta de drenar e secar a pólvora, nem que fosse ao sol, tornara-se prioridade.

O Representante das Classes, aproveitando-se do poder que lhe fora conferido, resolveu livrar-se dos inimigos políticos que há muito o perturbavam. Iniciou a investigação acusando o presidente do Partido Azul, seu desafeto confesso e o diretor geral da Seção Oeste da província, que também não ia com a sua cara. Os dois homens foram imediatamente detidos e colocados à disposição do Ministério Público, incomunicáveis até o julgamento. A imprensa, sempre ávida por registrar detalhes de escândalos e futricos do poder, foi impedida de seguir os fatos de perto, gerando passeatas e grande protesto. As pessoas, na rua, não sabiam muito bem o que estava acontecendo. Diante da balbúrdia, um pequeno jornal passou a circular, trazendo explicações e provocações de deixar os cabelos em pé. Muito oportunamente, o jornal chamo-se 'O Zorro', e por toda a cercania viam-se 'Z's estampados demonstrando que a clandestinidade do periódico era apoiada por muita gente. O Vice-Rei aborreceu-se com uma charge sua, na capa do Zorro, em que mostrava suas abundantes carnes – era gordíssimo – aparecendo de sunga à beira de uma piscina enorme onde se lia: mar de corrupção. Dizem à boca pequena que o poderoso molenga ofendeu-se muito mais com a ridícula cena dele mesmo vestindo uma sunguinha e deixando à mostra toda sua abastança lipídica que com a acusação política propriamente dita. Mandou oferecer prêmios em dinheiro por informações sobre os responsáveis pelo '*jornaleco marrom*', como disse para quem quisesse ouvir.

Mas a turma não estava nem aí para o Vice-Rei. No dia seguinte, estampou o gorducho de cueca samba-canção com uma rede de caçar borboleta toda furada e uma borboleta enorme com a palavra Zorro nas asas. A guerra estava declarada. O Representante das Classes mandou destruir todas as tipografia e gráficas da região, menos a da Imprensa Oficial, que para surpresa de todos, era onde o Zorro tinha sua impressão concluída. Para não levantar suspeitas, no dia seguinte ao quebra-quebra, o jornal não saiu.

O povoado passou a viver dias de terror. O pessoal do Zorro passou a imprimir notícias e charges em folhas avulsas que eram afixadas nas paredes das casas, fábricas e na Corregedoria Central, sob as fuças iradas do Vice-Rei. E não foi só a imprensa que ficou prejudicada. O campeonato de futebol foi interrompido. O Representante das Classes era presidente do Portugas Futebol Clube, mera coincidência, e o pau comeu solto pelas ruas no dia em que o time foi declarado campeão antecipado do torneio mais importante da província.

As filas para comprar mantimentos aumentaram. Cada um tinha direito a uma reles quantidade de comida por semana, sendo pobres ou abastados. A tirania do Vice-Rei transformara a província num enorme campo de concentração, onde ninguém podia entrar e do qual os moradores não podiam sair.

As linhas telefônicas e telegráficas foram temporariamente cortadas e o intento de descobrir os ratos que haviam umedecido a pólvora real foi levado às máximas conseqüências: acusaram de crime hediondo os redatores do Zorro. A Imprensa Oficial decretou que, em 24 horas, os responsáveis pelo panfleto se apresentassem. Caso contrário, iriam enforcar todos os jornalistas da província, inclusive os da Imprensa Oficial, que seriam os últimos. Terminado o prazo de 24 horas, ninguém apareceu.

Na manhã seguinte, quando cinco jornalistas seriam enforcados em praça pública, dezenas de homens encapuzados mostraram seus rostos, todos usavam uma pequena máscara preta sobre os olhos e a multidão apoiou os revoltosos no maior motim na história daquele reino. O exército e a polícia também se juntaram a eles e, em pouco tempo, a sede do governo era do povo. Prenderam o Vice-Rei, o Representante das Classes e meia dúzia de cupinchas.

Foi divulgada nota oficial do governo provisório de que investigações provavam que o próprio Representante das Classes, sob ordens do Vice-Rei, havia umedecido a pólvora para culpar seus inimigos políticos e executá-los sem piedade. Foram então condenados à forca.

No dia solene do enforcamento, O Zorro, novo nome oficial do maior jornal daquela província, destacava os méritos do novo governo e a poluição política causada pelos antigos chefes. No momento exato em que seriam mortos os traidores, um homem muito idoso, apoiado em sua bengala, pediu a palavra. Disse, envergonhado, que por ser dono de uma antiga vinícola próxima aos depósitos de pólvora, tinha sido o responsável pelo encharcamento do precioso pó. Um acidente em seus tanques provocara a hecatombe. Pedia desculpas e pedia para ser enforcado no lugar dos acusados.

Os novos líderes ficaram contrariados. Pediram paciência à multidão e reuniram-se a portas fechadas por mais de meia hora. Depois de muito confabularem, declararam inocente o ancião, concedendo-lhe o perdão do novo regime e decidiram por banir, simplesmente, os velhos governantes.

Desmontou-se o cadafalso, ninguém foi enforcado em público e a população foi para casa aliviada e orgulhosa do senso de justiça do novo sistema. Nos porões, enquanto isso, o Vice-Rei e o Representante das Classes, eram sumariamente executados.

Funcionamento Noturno

A sombra azul da tarde nos confrange.
Baixa, severa, a luz crepuscular.
Um sino toca e não saber quem tange
É como se este som nascesse do ar.

Carlos Drummond de Andrade

Um espirro descontente invade a sala finalmente silenciosa. As luzes se apagaram há algumas horas, restaram apenas as de emergência. Não se trata de uma solidão completa. Uma luz cúmplice e amarelada recobre as salas como a poeira que se deposita inerme sobre os móveis. Quando se põe o sol, vê-se a paz que durante o dia esconde-se pelos cantos. Os seguranças dormitam sem medo, os poucos homens que ainda trabalham transitam sem ser notados. Com os anos de funcionamento noturno, a casa já havia incorporado a seu silêncio, à sua penumbra, às suas paredes, os seres que vagavam e até produziam alguma coisa em ritmo sereno e letárgico. Vestígios de civilização imbricavam-se nas ressonâncias sem estrondos, nos desejos sem volúpia.

Um homem observa de longe o edifício. Lembra os dias em que era parte imperceptível do grande complexo. Cinco anos sem palavras, sem amores. Sentia-se mais um equipamento, propriedade adquirida e patenteada pela instituição. O que mais o impressionava eram as poucas luzes, como se todo o edifício pedisse desculpas por deflorar a noite escura e fria. Uma luz tênue vista por olhos coniventes.

Certa ocasião, enquanto não se via a lua, enquanto os murmúrios da noite ainda encobriam a voz dos andares parcamente ocupados, o complexo todo iluminou-se. Luzes invadiram casas, despertaram gentes, assustaram os cães. Veio o policial sonolento em meio a sua ronda interminável, veio o mendigo pedir que parassem com tal estardalhaço. Veio o doutor que já não dormia há dois dias, veio o gari que já deveria estar dormindo. Veio a mãe assustada temendo pelos filhos, veio o rapaz que voltava à casa enquanto muitos já saíam. Veio a mulher do leiteiro, veio bombeiro e ambulância. De repente, no meio da luz que tomava lares e mentes, tudo se acabou. As pessoas, que não conheciam a luminosidade, desesperaram-se ainda mais na escuridão.

E o homem que conhecia o edifício, ainda o olhava sentindo a nítida impressão de ter visto, através de uma janela alta e arredondada, momentos antes de tudo se apagar, a figura de alguém que tentava, desesperadamente, falar, sinalizar, explicar o porquê de toda aquela luz de uma só vez. O amor fluiu por entre os que se viram na escuridão, deram-se as mãos e, no pavor da calamidade, sentiram-se únicos, unidos num instinto de proteção que os confortava e redimia.

Fez-se então o milagre. Surgiram novamente as luzes amareladas. Sorrisos se desfizeram, desataram-se as mãos e o homem, que de longe assistia, ainda busca uma explicação para tanta luz. Para tanta escuridão.

Há algo além do olhar.

Rosas Vermelhas

Deitara-me não havia duas horas, as idéias correndo soltas, a mente perdida em lembranças daquele homem que era para mim um grande desconhecido: meu avô. Encontros aos domingos, dias santos e no Ano Bom. O avô ficava no quarto, deitado com o radinho sobre o ventre escutando futebol. Os preparativos, o jogo inteiro e depois os comentários intermináveis até a estação passar a tocar músicas antigas intercaladas com as últimas notícias do final de semana. A volta do paulistano, a situação das estradas, os acidentes do último feriadão. Acho que nunca conversei com meu avô. Mas observava-o muito. Certa vez, minha avó me deu um grande saco de moedas antigas, dizendo que ele havia mandado dar-me. Talvez não fosse idéia dele. Tive meses de diversão limpando e catalogando as moedas, depois foram todas para um outro saco que um dia, talvez, eu mande minha velha dar para um dos netos.

Continuei deitado na semi-escuridão, olhando os raios de luz que os carros projetavam através da fresta da janela no teto do quarto. Uma música longínqua falava de um velho navio, Gal Costa, provavelmente. Vovô tomara seu vapor, depois de muitos anos de vida. Faleceu após doença leve que o debilitou por poucos meses. Não enxergava havia anos, mas isso fora resultado de um problema de saúde raro ainda na juventude: filhos pequenos, a aposentadoria, a avó tendo de fazer empadas e o pessoal em casa tendo de trabalhar para ajudar no orçamento. Mas doença daquelas, de deixar de cama por anos, não teve.

Em sua velha casa, na sala, havia um quadro com seu rosto, um fundo colorido que sempre me dera a impressão de ser o desenho de um palhaço. Um palhaço triste, como todo palhaço autêntico. Hoje tem marmelada? Não tinha mais.

Outra coisa que me fascinava, era um secador enorme, daqueles de cabeleireiro, de se entrar embaixo. Uma cúpula enorme que cobria quase uma criança inteira. Nunca entendi aquilo: o secador e o palhaço com a cara do meu avô, palhaço do tempo, joguete das forças do universo, deixando quatro filhos, muitos netos e bisnetos e, por pouco, não chegou a ver a quinta geração.

O rádio passou a tocar Zé Ramalho, mostrando que o paraíso tinha, sim, flores, mas deveria ter também, com toda certeza, espinhos dolorosos.

Nos últimos dias, os cuidados com o vovô foram redobrados. O médico passou injeção e ninguém queria aplicar. Um óleo muito viscoso, disseram ser uma espécie de vitamina que escorria lentamente ao se movimentar o pequeno frasco. Pediram-me que o fizesse. A agulha pontiaguda penetrando a carne já muito fraca, o avô gritou de dor.

"Já está acabando, vô", disse tentando animá-lo.

Meus olhos se encheram de uma água turva: tristeza, pena, enfraquecimento dos sentidos. Ao me despedir, ele disse trêmulo:

"Obrigado, obrigado."

Novamente a água turva, a vista baça. Vozinho magrinho sem forças, porém sem dores físicas maiores. A avó falou:

"Não vai mais tomar injeção. Judia com ele."

Não teve mais injeção.

Ouvi a voz suave de João Gilberto deixando o ambiente menos soturno: *cadrano mille petali de rose/ l'inverno coprira tutti le cosi.* Com o passar da música, a imagem nítida se projetou na tela da memória e era como se meu avô tentasse dizer alguma coisa.

Lembrei-me do velhinho deitado, todo coberto de pétalas de rosas vermelhas. Um toque de doçura e suavidade em meio a tanta dor. Não entendi de imediato a ligação entre a cena e a canção. Dias depois, pela irmã mais nova de meu avô, fiquei sabendo que a mãe deles, minha bisavó, era italiana. E cantava na língua pátria, para os pequenos caírem no sono, belas canções de sua terra.

Através de João, através da letra da música, vovô, pelos mecanismos mais misteriosos que a mente humana poderia captar, arrumou uma forma de agradecer pelas flores no momento derradeiro, lembrando seus antepassados, deixando claro que, de onde estava agora, sentia saudades, mas compreendia todo o esforço para aliviar seu sofrimento. Era como se o ouvisse, mais tranqüilo, em seus mais profundos pensamentos:

"Obrigado, obrigado".

Rotas de Fuga

para Paulinho de Carvalho

O ruído familiar da chuva invadia a madrugada e o homem não sabia o porquê de tanta saudade. Lembrava, com aquele mesmo som das águas, a garoa escorrendo pelo rosto dela, os olhos grandes fixos nos dele, e eles, beijando-se e tomando chuva, as pernas cheias dos respingos de barro que as gotas firmes lançavam displicentemente. A figura de Júlia não lhe dava sossego havia meses, mas quando chovia era pior.

Olhando à sua frente, percebeu objetos que ela acidentalmente esqueceu e sentiu vontade de ligar, entrar em contato como que por acaso. Também tomaram sorvete naquela ocasião, a água derretendo o picolé, molhando as mãos com uma mistura de suco de fruta e chuva doce. Tentaram ignorar a profundidade daquele segundo, sorrindo sem medos ou dúvidas.

O telefone não dava sinal de vida. Há uma semana, a chuva castigava a cidade. Gostava do silêncio da noite, pensou nas pessoas dormindo cedo, o trabalho a esperá-las na manhã seguinte. E a chuva interrompia o silêncio, invariavelmente. Percebeu os carros ao longe, notou que, ao descerem a rua, velozes, rasgavam a camada tênue de água que cobria o solo asfáltico, granítico. Letal.

A água descendo pelo vidro do apartamento fez com que acreditasse que não dormiria tão facilmente. Lembrou-se mais uma vez dos acontecimentos dos últimos tempos, a ausência de Julia, as dificuldades profissionais, os filhos que jamais tivera. Decidiu, então, de um momento para o outro, que não queria ver mais ninguém.

Abdicou do papo com os amigos, das poucas mulheres com quem mantinha relacionamentos irregulares, do trabalho burocrático insano que fazia no escritório.

Certa vez, lera que Mark Twain gastava de isolar-se num vilarejo alemão, onde ninguém falava inglês, para poder escrever em paz. Diferente do criador de Tom Sawyer, pensava na Espanha, talvez nas terras escocesas nos arredores de Cardiff, trilhas percorrias por ancestrais imemoriais. Mas o lugar não fazia diferença. Mesmo porque, não tinha verba disponível para extravagâncias, talvez o escritor americano, em seu tempo, separasse economias especiais destinadas às rotas de fuga.

Como não podia viajar, olhou as estantes do escritório e resolveu organizar seus livros por ordem alfabética. Tirando os 'as' e os 'os', independente do assunto, do autor, do ano da publicação, do tamanho dos volumes. Separou apenas os livros de arte, muito altos para as prateleiras comuns, e organizou-os pela cor das lombadas: conforme ficassem harmonicamente perfilados, cromaticamente, seria o termo correto, deixava-os, atravessava a sala, observava-os e aprovava a arrumação, ou trocava um ou outro de lugar.

A chuva não dava trégua e, não sabia o porquê, lembrou-se do elegantíssimo salão de chá da National Gallery, em Washington, no prédio neoclássico, não no novo. E também das batatas fritas do Museu de História Natural de Nova York, que tinham a forma de dinossauros. Uma soberba idiota dos americanos que não conseguem ver que a máxima sofisticação está na simplicidade, como sempre souberam os europeus. Delicadeza. Elegância. Glamour.

E os americanos exagerando, querendo tudo gigantesco, monumental. Veio-lhe à mente a catedral, a basílica de Aparecida, em São Paulo: nossa velha mania de copiar o pior dentre os piores costumes dos vizinhos. Uma obra colossal que contrasta com o morro apinhado de casebres do lado oposto da via Dutra. E a cena horrenda vem logo depois da beleza arquitetada há milhares de anos pela natureza: qual um grande feudo, vê-se um vale verdíssimo cercado ao longe pela negra muralha intransponível da Mantiqueira, que parece mais soturna pelo acinzentado céu que se perfaz na região na época das chuvas. Ao largo, uma infinidade de cidadezinhas com um passado ainda muito presente, o entregador de leite em latões, a vizinhança que se conhece pelo nome, os trilhos do bonde cravados no chão.

Após o rearranjo dos livros, a biblioteca ficou muito bonita, cheia de nuanças coloridas espalhadas por toda sua extensão. O que antes era dividido pela origem dos escritos, autores brasileiros do Sul, Norte, Sudeste, Nordeste; literatura latino-americana, asiática e européia, virou um amontoado de tendências e países. Tudo naturalmente misturado, deixando o quarto mais habitável, sem aquela catalogação irritante e doentiamente organizada.

Tirou um volume aleatoriamente e começou a ler. Declínio e

Queda do Império Romano. Lera um comentário do Millôr Fernandes dizendo ser um dos melhores livros já escritos em todos os tempos. Como havia aparecido Millôr em sua mente, leu uma crônica do escritor carioca após ler duas páginas do clássico inglês. Fez uma brincadeira que se faz com palavras: *vou-lhe dizer uma palavra e você me diz outra, a primeira que vier à mente.* Fez isso com os livros. Lia uma ou duas páginas, ou um poema ou conto, e o primeiro livro que lhe vinha à mente abria, lendo então um trecho. Fez isto por um tempo que não saberia estimar, poderia ter sido uma hora ou mesmo alguns dias.

Seu pensamento transpunha o papel e o levava para dentro de um universo que desconhecia. No penúltimo livro da estante, leu um poema em alemão que não entendeu muito bem. Mas o autor falava de algo relacionado à guerra e ao amor e, apesar de só sobrar mais um livro, tinha relação com um texto de Hemingway que acabara de espantá-lo, verificado no volume derradeiro. A brincadeira fechava-se num círculo perfeito.

Com a face cheia de alegria, olhou para aquele monte de livros espalhados. As estantes vazias e os volumes amontoados eram lapsos da continuidade espacial que se repetiam como um código de barras indecifrável.

Olhou todo aquele caos, saiu da biblioteca, vestiu a primeira roupa que conseguiu apanhar e saiu. A chuva havia cessado.

O mundo já não era mais o mesmo.

Desmantelar da Honra

Vez ou outra, acordo no meio da noite, acreditando-me na cama em que dormia na infância, no lar paterno que tantas alegrias me deu. Surpreendo-me com Roberto, em pesado transe que, indiferente a mim, passa as horas de sono imóvel, percebendo-se vida apenas pelos movimentos do tórax que configuram a respiração.

Então, repito a pergunta que ronda minha mente atormentada: por quê? Por que continuar a viver assim, sem grandes alterações de percurso, sem novidades, sem amor nem ódio?

Lembrei-me que, aos seis anos, em visita a uma fazenda de meus tios, vimos uma cena dantesca: um cavalo, enorme, mantinha-se como se observando a paisagem. Ao redor do seu abdome, uma cobra enrolava-se indo até o dorso, dando um nó em volta do animal. De repente, o cavalo contorceu-se todo: nos olhos uma dor tão profunda que jamais identifiquei em qualquer outro ser vivo. Ao ser interrogado sobre o que estava acontecendo, meu tio explicou que há dois dias os animais lutavam pela vida. Fiquei indignada:

"Titio, mas porque vocês não salvaram o cavalo?"

"Há coisas que vocês da cidade não entendem," comentou meu tio.

E nos afastamos, o grupo um pouco atordoado com o que ocorrera.

À noite, como acontecia sempre na fazenda, os donos da casa e os convidados sentaram-se ao redor de uma grande mesa na ampla sala para prosear, como diziam.

Depois de muitos assuntos que se sucederam, perguntei o porquê de não terem salvo o cavalo que vimos pela manhã.

Um silêncio tomou conta do ambiente, todos se entreolharam e meu tio então respondeu.

"Meu bem, cavalo é bicho de raça. O orgulho do animal tem que ser respeitado. Se ele não conseguiu se livrar de seu predador, ninguém tem o direito de intervir."

"Mas titio..." tentei insistir.

"Se salvássemos o animal, depois de alguns dias ele morreria. De vergonha. Na lei da fazenda, prefere-se morrer honradamente a sobreviver desmoralizado."

A história começou a me incomodar desde o dia em que escapou dos recônditos da memória. Toda vez que ocorria uma discussão, ou pior, quando nem discutir conseguíamos, invadia-me a mente a imagem do cavalo e do outro animal a sufocá-lo.

Tentando imaginar em que ponto o amor havia dado lugar àquilo que vivíamos, eu e Roberto, fui chegando, dia a dia, à conclusão de que nunca houvera realmente amor, nunca existira a paixão que faz brilhar os olhos quando se lembram do amado, nunca existira o calor indecifrável da saudade.

Sinto-me, às vezes, como um cavalo de raça. Um amigo certa vez me disse que meu ar imponente lembrava-lhe uma égua de estirpe, a crina sempre bem aparada, o olhar firme, a elegância no caminhar. As serpentes do marasmo, do convívio diário, têm me dilacerado as entranhas há anos. Matar o algoz seria simples.

Mas bicho de brio não sobrevive à vergonha. Não suporta, por muito tempo, o desmantelar da honra.

A Água que Acharam na Lua

Quando João Antônio resolveu declarar seu amor por Elisa, acordou com enxaqueca e lhe doíam os pés. O dia amanhecera muito claro: podia ser um sinal. Antes estivesse chovendo, não precisaria procurá-la, podendo deixar para outro dia.

Sabia da importância de olhar firme nos olhos dela:

"Quem piscar primeiro perde."

Na meninice fora assim, brincadeiras inocentes sem expectativas ou promessas. Hoje, perder significava muito mais, significava uma derrota que os passatempos de antigamente não previam. Não entendia as reações da mulher que amava, hora condescendente, hora fazendo-o pensar que eram apenas conhecidos distantes, sem intimidade ou motivo para uma conversa mais demorada.

Elisa estava linda como nunca. Tinha um ar de seriedade

e ao mesmo tempo de fragilidade que o hipnotizava. Resolveu começar o papo:

"Elisa, preciso te dizer uma coisa..." Foi interrompido por um amigo comum que chegava e os convidava, mais a ela que a ele, para um sorvete.

Ela aceitou. João Antônio preferiu dizer o que queria numa outra oportunidade.

Já à distância, ela se voltou, querendo saber:

"O que você queria me falar?", perguntou aos berros.

"Nada importante, fica para depois", respondeu o rapaz num tom de voz quase inaudível.

Engoliu seco o ódio pelo concorrente, o ódio de si mesmo pela covardia, e retirou-se.

As oportunidades para se declarar eram cada vez mais raras. Ia, também, percebendo que Elisa perdia o interesse nele, não mais eram tão amigos e os próprios acontecimentos foram colaborando para que ele desistisse do objetivo maior. Ela não lhe dava mais tanta atenção e tudo parecia resolvido por falta de uma solução melhor.

Mas não era tão fácil esquecer Elisa. Não era como parar de fumar, apesar de os fumantes revelarem ser uma tarefa quase impossível. Não era como desistir de um programa no final de semana.

"Tudo bem, não vamos mais ao teatro, vamos alugar um filme e curtir uma preguicinha em casa."

Não era tão simples. Era como tentar mudar de time. Não se passa a torcer para um novo clube de um dia para o outro. Não dá. E deixar de pensar nela, nos possíveis beijos, nas caminhadas de mãos dadas, nas conversas antes de dormir, era luta insana e sem trégua.

Tentou aproximar-se novamente dela sem muito sucesso.

Como não passavam mais tanto tempo juntos, os gaviões de plantão já rondavam a presa, ela sempre tinha mil compromissos, festas, reuniões na casa de amigas, exposições concorridas, lançamentos de livros de seus conhecidos ou de autores ilustres.

Tanta indiferença fazia-o infeliz. A mulher, em sua frieza cada vez mais habitual, deixava-o tão desconcertado que ficava difícil acreditar na possibilidade do amor surgir de solo tão infértil, de raízes tão superficiais. Foi quando viu, quase imperceptivelmente, o sorriso dela diante de um comentário seu sem maior importância. Aquilo o deixou perplexo.

O noticiário da semana só comentava, empolgadíssimo, o fato de que haviam encontrado água na Lua. Não uma fonte corrente e inesgotável, mas um depósito de água congelada, no fundo de uma cratera gigantesca e escura, resquício de um vale gelado em eras anteriores ao próprio tempo. Imediatamente ficou abismado:

"Como poderia haver água na Lua?"

Era isso então o que ocorria, o que era antes impossível de se imaginar, revelava-se diante dos olhos estarrecidos da humanidade como um fato incontestável.

Naquele breve sorriso, ela revelara-se de súbito. No coração de Elisa, aquele órgão oco e profundo, cuja escuridão e umidade davam ares de caverna perdida, naquela cratera pré-paleozóica, congelado, bem lá no fundo, ele descobrira um depósito escondido de amor.

Aquela revelação mudava tudo.

Um amor escondido ali há tempos, anos inteiros, quem sabe, que poderia até mesmo não ser para ele, mas que valeria a pena descobrir. Talvez, do lugar de onde brotara aquele sentimento imóvel poderia existir mais, podendo ser novamente produzido a qualquer momento. Lentamente estimulado. Calculadamente reaquecido.

Tanto amor explodia-lhe do peito que João Antônio imaginou: entrando em contato direto com aquela pequena amostra de húmus, poderia cultivar uma floresta, uma infinidade de espécimes frondosos que lhe fariam companhia até as próximas gerações.

Não custava tentar.

O Jantar

A mulher já esperava por mais de trinta minutos. Ele sempre se atrasava, mas desta vez era demais.

Pensou em ir embora, o que ele estava pensando? Ameaçou chorar, olhou as pessoas nas outras mesas e todos pareciam ignorá-la. O garçom, não tão indiferente quanto os clientes da casa, parecia bastante incomodado:

"A senhora aceita mais uma bebida?"

Aceitou. Lembrou-se de que há dez dias não se viam, uma viagem de negócios inesperada o tirara da cidade. Nos últimos tempos, as coisas não estavam muito bem.

O garçom trouxe mais um martini, perguntou se não iria comer nada e ela repetiu impaciente que esperava o doutor. Já estivera ali antes, o restaurante era caríssimo, e escolheu o local para tentar provocar o marido de alguma forma, mas ele mostrou-se indiferente.

"Muito bem," ele disse, "nos vemos lá às oito da noite." Já se aproximava das nove, e o homem sem dar sinal de vida.

Quando conheceu Jean, ficou deslumbrada. Homem culto, elegante, cheio de requintes e delicadezas com ela. Não demorou muito a desfazer o antigo casamento, de quase cinco anos. Abandonou o velho lar sem muito barulho e em poucos dias assinou papéis pedindo que o homem a deixasse em paz. Estranhou a reação do marido, a falta de insistência ou cenas piegas e, só depois de muito tempo, percebeu que tal comportamento era também uma prova de amor, por respeitar seus sentimentos e sua decisão.

Mas, em poucos meses, concluiu que as gentilezas de Jean não eram exclusivamente para ela. O homem derretia-se em contatos de negócios e ela desconfiava que com muitas outras concorrentes também. Raramente brigavam, mas a discórdia nem sempre depende de discussões acaloradas. Distanciavam-se a cada dia e não via solução para um relacionamento fadado ao formalismo e à acomodação.

Quando percebeu que Jean não viria, foi discretamente ao toalete, trancou-se e chorou compulsivamente, por um tempo incalculável. Depois, lavou bem o rosto, refez a maquiagem, voltou para a mesa e avisou ao rapaz que iria jantar. O garçom, quando ela mencionara o doutor, provavelmente pensando numa boa gorjeta, parou de insistir em servi-la, até que foi solicitado.

Olhou o cardápio e pediu sem escrúpulos. A cada garfada empanturrava-se de tristeza e lembranças. Serviram-lhe *paella* sevilhana, camarões dos grandes, carnes raras e saladas das mais diversas. O garçom veio avisá-la que o doutor acabara de telefonar, dizendo que se atrasaria mais um pouco.

Na iminência de uma lágrima, que insistia em brotar de seus olhos, chamou com coragem o atendente:

"Você pode me trazer a carta de vinhos?"

Olhou sem saber o que pedir. Era sempre o marido que escolhia as bebidas, ela nunca entendera de vinhos. Teve vergonha de perguntar qual deles era bom, num lugar daqueles, tudo no cardápio deveria ser bom. Em meio a nomes em francês, italiano, alemão, não hesitou: escolheu o mais caro e apontou com o dedo:

"Me traga um desse aqui."

Ao sorver aqueles pratos elaborados, enchia-se de energia para admitir que errara. Esvaziava-se do orgulho ferido e tentava retomar a pouca força que lhe sobrara para seguir adiante com a decisão de que não seria a mulherzinha perfeita do executivo de sucesso.

Na sobremesa, repetiu o padrão de todo o jantar: um exagero. Com a refeição terminada, chamou o garçom, pediu que entregasse a conta ao doutor logo que ele chegasse e saiu caminhando com dificuldade, a alma repleta de expectativas e as ilusões volatilizando-se como o vinho que lhe dava um bem-estar físico incompatível com os sentimentos em frangalhos.

Versículos

1

Quando menino, diante das contrariedades, fugia de casa. Ia sempre para a casa de minha avó. Antes de chegar lá, minha mãe já havia ligado e, quando aparecia no portão, minha avó ligava de volta. Eu fingia não saber, elas fingiam não ter feito nada.

Hoje, quando a coisa está insustentável, durmo no sofá. No meio da noite, ela vai até lá, diz que não posso dormir ali por causa das costas e me leva de volta para a cama. Sem nada dizer.

Sempre o mesmo menino.

2

Um dia brigamos e ela ameaçou tomar um monte de remédios.

Disse que tomasse.

Tomou.

Foi para o hospital. Acompanhei cada momento de sua recuperação e, quando chegamos em casa, pedi que não me procurasse mais.

Ela saiu dizendo que eu era ingrato e que se jogaria do primeiro viaduto.

Não se jogou.

3

Aos dezesseis anos, quando a coisa apertava, dizia à minha namorada:

– Não me enche!

E saía andando.

Depois de dois dias, estávamos aos beijos e abraços.

Hoje, devido à polidez dos lidares diários, ninguém diz nada a ninguém. As pessoas se odeiam, os dias passam e todos esperam o momento de nunca mais ver o vizinho, o prefeito da cidade, o próprio marido.

Grito de Gol

para Marçal Aquino

Muitas pessoas não sabem que a vida de professor pode oferecer muito mais dissabores que glórias. As crianças são mal-educadas, exasperadas pela merenda pouca que servem, mas que acaba servindo. E vêm, após o lanche rápido que a diretoria insiste em chamar com galhardia de almoço, com um sono e uma preguiça ainda maiores. Pior que barriga cheia para assistir aula é barriga cheia pela metade. Alguns ainda se apegam ao fato de a barriga estar ainda meio vazia, martirizando-se na proeza de ter que aprender com fome. E a fome desperta os ódios mais profundos do ser humano, mesmo sendo crianças.

Leciono matemática desde que tinha dezessete anos. Hoje, tenho quarenta. Com o passar dos anos, tenho notado um emburrecimento progressivo e contagiante, não sei se o termo seria o melhor a ser empregado, mas a realidade é que preparo provas cada vez mais fáceis e eles tiram notas cada vez piores. Emburrecimento, falta de preparo do sistema de ensino, mediocrização de toda a sociedade. Eu, como matemático, não entendo bem de subjetivismos, analiso apenas os dados. Provas ridículas, alunos deploravelmente incapazes. Na quinta série, outro dia, após receber o contracheque magérrimo, falei aos meninos que a matéria daquele dia não era matéria, iria falar sobre coisas diferentes. A maioria continuou a fazer o que já estava fazendo antes de eu entrar: conversar ou dormir. Alguns outros, talvez surpresos com o chato que sempre enchia a lousa de exercícios dando o ar de sua graça, calaram-se. Não sei o que me deu, mas disse :

"Vocês sabem fazer conta de cabeça? Conta fácil, sete vezes oito, coisa de tabuada mesmo?"

Deram risada. Claro que sabiam.

"Quanto é sete vezes oito?", perguntei.

Não sabiam.

Disse então que não interessava saber quanto era sete vezes oito, ou vezes nove, ou vezes seis. Qualquer calculadora estúpida sabia aquilo. Mas saber entender porque a terça parte de um valor era tanto ou que 10% de X era Y isso sim era importante.

"Imaginem: vou comprar uma roupa (eu nunca comprava roupa) e o desconto é de 20%. Ou, para pagar um aparelho de som (chamava o dispositivo de vitrola, devia estar fora de mim) tenho de pagar em cinco vezes com juros de 5% ao mês."

Era importante saber a tamanho da extorsão. Quanto estavam nos roubando com aqueles porcentos. Que matemática não era aquele monte de merda (paralisação geral, seguida de um sorriso nervoso) a que estavam acostumados. Pela primeira vez, a maioria dos alunos ouvia o que eu tinha a dizer. Grande parte despertos da letargia pelo *monte de merda* que jamais imaginaram que eu seria capaz de proferir. Senti-me bem, dominando aquela platéia de miseráveis. Agora eu podia dizer qualquer coisa. Então encerrei o papo:

"Saibam que o ensino piorou muito depois do ano de 1968, ano em que vocês nem tinham nascido, ano em que os malditos militares acabaram com o currículo básico, incluindo um monte de asneiras e tirando coisas essenciais."

Uma menina anotava o que eu dizia como se fosse coisa de cair na prova. Achei engraçado. Não dei lição de casa, outro espanto, e os dispensei antes de soar a sineta. Voltaram logo à habitual apatia. Saí da sala e esqueci daquilo que havia dito. Fui para casa ainda sem entender o que dera na minha cabeça para falar aquelas bobagens para as crianças, atrasando a matéria.

Tudo voltou ao seu lugar habitual. Falava pouco, escrevia na lousa e mandava os marginaizinhos calarem a boca. Em meio a um problema que os alunos sentiam profunda dificuldade em compreender, dona Balbina, inspetora do primeiro grau, veio-me dar um recado: "o diretor quer falar com você." E retirou-se.

Achava engraçado aquilo, ela chamava todo mundo de você. Era mais velha que eu, mas assim mesmo não deixava de ser engraçado. Se o Papa viesse ao Brasil e por acaso visitasse nossa escolinha, ela arrumaria um jeito de se dirigir ao santo homem e o chamaria de você. Fui ver o comandante. Costumava me deparar com o diretor duas vezes por ano nas reuniões de encerramento de semestre. De resto, era mera lenda para nós professores: a sala do homem sempre fechada, se me contassem que o diretor comparecia à escola só nessas ocasiões, não seria difícil de acreditar. Era um homem muito gordo, míope, cabelos ensebados e em desalinho perene, uma imagem repugnante e desanimadora. Mandou que eu sentasse:

"O senhor é professor de história?", perguntou.

Não entendi, respondendo de imediato.

"Não senhor, sou professor de matemática."

Atribuí aquela pergunta despropositada ao fato de o homem não nos conhecer, pensei, nem isso o idiota sabe.

"Acho que o senhor está ensinando coisas que não condizem com o planejamento curricular."

Continuei não entendendo.

"O que o senhor sabe sobre a mudança do *curriculum* básico a partir da instituição do regime militar? Mais especificamente a partir de 68?"

Comecei a compreender. Aquele filho-da-puta andou escutando atrás das portas. Também, pra que é que eu tinha que abrir minha boca?

"Não entendo muito disso, senhor diretor. Já disse, sou professor de matemática."

"Não é o que me parece . . ." disse o homem contrafeito.

Então o gordo tirou da gaveta um caderninho todo sujo, meio amassado:

"Aqui, nas anotações de uma de suas aulas, feita por uma aluna da quinta série, constam dados referentes aos '*malditos militares*', palavras suas. E, como se não bastasse, o senhor se refere à sua matéria, fonte de seu sustento por todos esses anos, como, desculpe o termo, são palavras suas novamente, de monte de... Não posso repetir, leia o senhor mesmo."

E me mostrou o caderno não só com a expressão *monte de merda* grifada, em destaque, mas também com todo o resto daquela aula.

O diretor estava vermelho, achei que a estrupício ia ter um treco, morrer ali na minha frente. Mas não morreu. Encerrou o assunto sem me perguntar mais nada, mandando que voltasse pra sala de aula. Nem se despediu.

Fiquei um pouco preocupado com o chamado do diretor, mas continuei trabalhando normalmente. Depois de duas semanas, não me lembrava mais do inconveniente. Toda vez que dava uma aula na quinta série, tinha vontade de bater naquela menina ridícula que havia me denunciado. Ficava indignado, naquela idade, já mal-caráter. Foi por isso que a resistência ao golpe militar não deu certo. Dedo-duro já nasce dedo-duro, é uma coisa da formação da personalidade, uma personalidade mesquinha desde a infância.

Saí do colégio divagando, tentando criar uma fórmula para calcular quantos daqueles alunos seriam adultos inescrupulosos e sem caráter. Cheguei em casa e achei estranho as luzes estarem acesas. Talvez tivesse esquecido de apagar, a conta no final do mês ia ser uma bomba. Ao entrar na sala, tudo estava destruído: a televisão quebrada, livros espalhados, até na geladeira os animais mexeram, o vidro de maionese aos pedaços pelo chão, uma imundice. Assalto não podia ser. Não tinha nada de valor em casa. O que poderia ser vendido, os caras quebraram ou danificaram. Pareciam estar procurando alguma coisa.

"Só faltava essa: Médici e Costa e Silva voltaram. Malditos milicos!"

No dia seguinte, no colégio, tudo aconteceu normalmente. Fiquei com medo de contar o que havia ocorrido, achei que todos me olhavam, alunos tomavam nota do meu comportamento, uma neura total. Após a aula não voltei para casa. Tomei um ônibus que ia para a Praça da República, em lugar cheio de gente é mais difícil de acontecer alguma coisa suspeita. Procurei o hotel mais barato que pude, tinha que pensar no que fazer. Passei uma noite de cão. O quarto era frio e cheirava mal. Só dormi às cinco da manhã e obviamente perdi a hora da aula. Resolvi não voltar ao colégio. Fodido por fodido, pelo menos ainda estava vivo. Fiquei tentando entender que raio de perseguição era aquela no final dos anos noventa. Lembrei-me que outro dia vira um daqueles generais na TV, xingando os caras do PT, dizendo:

"Essa gente não presta, são uma cambada de moleques..."

Era como se os caras tivessem algum tipo de doença, ou tivessem cometido um crime muito grave, tendo de ser exterminados. Fiquei novamente com medo. O governo, agora, fingia-se de liberal, mas os comandantes do passado continuavam rondando, arrumando um jeito de fazer seu terrorzinho barato.

Acordei depois da uma da tarde e desci para comer alguma coisa. Só tinha dinheiro para o PF num boteco de terceira. Uns caras discutiam alto, era tempo de eleição. Um defendia seu candidato, o outro xingava a mãe dele. Um homem forte usando camiseta branca apertada, pele queimada de sol, olhava-me.

"Estou ficando louco", pensei.

Continuei assistindo ao bate-boca, meu bife estava mais duro que o balcão no qual apoiava o prato, não dava mais para comer. Achei engraçado: um bando de bebuns defendendo um bando de ladrões. O homem forte aproximou-se de mim, senti um frio na espinha como se estivesse na montanha russa. Perguntou se eu tinha fogo.

"Desculpe, amigo, mas eu não fumo."

Decepcionado, o homem saiu do bar sem olhar pra trás.

Decidi deixar a cidade. Comecei a somar mentalmente a grana que eu tinha no banco, tentando saber quanto tempo poderia viver com aquilo. Talvez uns dois meses. O problema era procurar um lugar seguro, um lugar em que não me conhecessem. Arrumar emprego seria outro problema:

"Por que o senhor deixou seu emprego depois de vinte anos?"

Iriam rapidamente descobrir que eu sumira sem dar satisfação.

"Quanto é aqui o do cidadão?" Era o homem forte, estava pagando a minha conta. Estava com mais dois gorilas, olhou bem pra mim e disse para acompanhá-los.

"Quem é o senhor?", perguntei assustado.

"Não interessa. Cala a boca e vem com a gente".

Entrei num carro velho, no banco de trás junto com um dos capangas, achando que não sobraria nada de mim para contar história.

Rodamos umas três horas, não vi muito do caminho, pois acabei adormecendo, ainda estava com muito sono. Chegamos a uma espécie de sítio. Uma casa grande com cara de abandonada era o que eu podia perceber. Foram me empurrando casa adentro, num cômodo enorme algumas pessoas conversavam e fingiram não me ver. Levaram-me para o andar superior e me jogaram numa cela com grade e tudo. Não era um quarto comum, parecia mesmo uma prisão. Para minha surpresa, na mesma cela estava o gordo asqueroso, o diretor do meu colégio. Não entendi nada.

"Também acho os militares malditos", ele disse sem eu perguntar nada. "Mas matemática não é um monte de merda..."

Estava triste comigo, no fundo era ingênuo e sentimental. Expliquei a ele porque tinha dito tal heresia, mas ele também era muito burro, não entendeu e ficou ainda mais chateado comigo.

Um homem muito alto veio me buscar na cela, levando-me para uma sala ao lado. Quis saber se eu conhecia alguém que participara da resistência ao golpe militar, em 64.

"O senhor é professor de história?", quis saber com agressividade.

Vai começar tudo outra vez . . .

"Não senhor, sou matemático."

Nisso, começou a perguntar tudo o que o diretor já havia perguntado e muito mais. Notei sobre a mesa o caderninho imundo da aluna feiosa. Coisa boa não ia acontecer.

Levaram-me de volta para a cela e fiquei lá mais dois dias. Nunca mais vi o gordão. Não sei se era armação para que eu acreditasse que o diretor também era vítima daquele ataque de insanidade.

Ao sair do sítio, colocaram-me um capuz, retirando-o apenas quando chegamos a uma outra cela, um pouco menor. Eu ouvia as pessoas gritando gol, acho que estava perto do Morumbi, estávamos mesmo em época de final de campeonato. Estranho me esconderem ali. Tinha muita favela no bairro, podia ser coisa de traficante. Me davam uma comida horrorosa parecida com a merenda do colégio. Eu aceitava, já estava habituado com coisa pior. No dia em que chegamos, o mesmo cara do sítio me chamou e perguntou quase as mesmas coisas, tudo de novo. Ninguém me bateu. Ninguém mais falou comigo.

Após cinco dias, fui abandonado num lugar que logo descobri ser realmente próximo ao estádio do Morumbi. Era dia de jogo, um movimento enorme. Eu estava meio atordoado, aquele monte de gente indo de lá pra cá, parecia um sonho confuso, sem sentido. Aproximei-me de uma barraca, perguntei ao vendedor de lingüiça frita e churrasquinho de gato do que se tratava. Ele me olhou desconfiado:

"O senhor não é daqui, é?"

Respondi que não era.

"Só se fala nesse jogo há mais de uma semana. É a final do campeonato. Dessa vez, vai dar São Paulo..."

Fui caminhando no sentido contrário ao estádio. Ouvi o grito da multidão. Tive apenas tempo de perguntar a um rapaz franzino, segurando seu radinho:

"De quem foi?", quis saber sem muito interesse.

"Foi do Timão, moço. Foi do Timão...", e saiu correndo, sem dente, mas cheio de alegria.

"Bem-feito pro vendedor de lingüiça", pensei.

O estrondo seco dos tiros misturou-se ao barulho ensurdecedor dos fogos. Ninguém viu nada.

Lâmina do Tempo

O tempo, esse químico invisível,
que dissolve, compõe, extrai e transforma
todas as substâncias morais . . .
Machado de Assis

Os sonhos de Eugênia eram ainda maiores. Tinha de vencer a qualquer custo a prepotência do pai, mesmo que para isso tivesse que mudar de país, mudar de lar, mudar de marido. O atual era desligado, vivia falando em poesia. Um homem muito pouco prático para seus objetivos. Não poderia arriscar-se, tinha de mostrar ao pai que era capaz. Resolveu livrar-se inicialmente do marido. Não poderia negar que nunca conhecera outro homem que a satisfizesse tão loucamente. Mas não lhe cabiam paixões, precisava de alguém mais direto, menos apaixonado e por quem ela nutrisse, no máximo, respeito e certa admiração.

Disse ao marido que não dava mais, que havia pensado muito, que sentia tanto quanto ele, mas que a eterna chama havia tremulado mais que o habitual e, num descuido do acaso apagara-se. O que fazer senão profundamente lamentar. O homem que era todo aéreo ficou grave e imóvel, iriam para um apartamento maior, era o planejado para o final do ano. Não compreendeu tanta frieza. Amava-a e aquela atitude inesperada só poderia estar escondendo alguma tragédia que, no cuidado que lhe dirigia a mulher, poderia ser a forma de não magoá-lo ainda mais:

"O que houve, meu amor?" – disse o marido indignado, quase às lágrimas, diante da mulher ríspida que desconhecia.

"Acredito que não poderemos mais viver juntos."

Precisava livrar-se logo dele e não poupou esforços:

"Tive uma proposta para ir a Milão, ficar por pelo menos dois anos, chances de subir na empresa, coisa grande. Resolvi que vou."

"Tudo bem, o que são dois anos" – tranqüilizou-se o marido – "tenho alguns projetos que podem ser tocados à distância..."

"Você não faz parte dos meus planos!", respondeu Eugênia secamente. Saiu da sala sem dizer mais nada e deixou o homem falando sozinho.

Deixou também o lar que ajudara a decorar. A proposta de Milão era realmente promissora, mesmo assim, poderia arrumar uma forma de administrar a carreira e a família. Mas não queria mais aquele homem e o destino parecia dar seu empurrãozinho: uma mudança radical de rumos que aparentemente a satisfazia e alegrava.

Diante da novidade, o pai de Eugênia simulou, com precisão de detalhes, um enfarte e teve também cólica renal. A sudorese com que acordou assustando mortalmente a esposa causou alarido no bairro: o homem estava tendo um negócio. Mas, logo na chegada ao hospital, tiveram a notícia fria do doutor de plantão, visivelmente contrariado por ter sido acordado no meio da noite:

"O senhor teve uma crise de hipertensão, passa já, só precisa tomar corretamente os remédios."

Eugênia quase teve um enfarte junto com o pai, fazia bem o seu jogo. Então sentiu-se enganada:

"Velho maldito, tudo para que eu não viaje."

Não falava com ele fazia meses, não suportava vê-lo, não conseguiam permanecer por muito tempo no mesmo ambiente. Mas a idéia do pai doente a consumia.

Quando se sentiu um pouco melhor, o pai ficou sabendo que, além de ir embora do país, ela ia sem marido. Resolveu levá-la ao aeroporto e disse, como se fosse a maior das verdades universais, que mulher que viaja sozinha não vale nada. E calou-se.

Ela fingiu não ouvir. Despediu-se com um beijo carinhoso.

No avião, não suportando o ribombar das palavras do pai devastando os vazios de sua mente, explodiu num choro nervoso. As aeromoças caminhavam paralelamente, oferecendo bebida aos passageiros. Ao vê-la, uma delas olhou de relance para a colega, deu de ombros e perguntou:

"A senhora está bem?"

Diante do silêncio, afastou-se. Voltou oferecendo uísque, dizendo que a deixaria mais calma. Não havia perguntado por pena, fizera-o por pura obrigação profissional. Missão cumprida, ignorou-a quando passou com o jantar e depois na segunda rodada de bebidas. Eugênia dormiu com fome e com um sentimento que não saberia descrever e do qual não conseguia se livrar.

A chegada a Milão foi fria. O tempo seco e gelado. Os italianos da empresa, perturbados com a concorrência daquela bela mulher, deixavam tudo ainda mais seco. Ela planejava os edifícios que lhe eram solicitados sem muito entusiasmo, mas uma força inexplicável a mantinha viva: mostrar-se capaz, queria seu esforço reconhecido pelo pai. Erguia os olhos muito negros, traçava fachadas e interiores com firmeza e fincava os pés no concreto estrangeiro. Notícias do marido não tinha nem procurava saber. Telefonava para a mãe semanalmente, perguntava dos irmãos e aumentava a dimensão de suas conquistas, sabendo que o relatório, na íntegra, seria passado ao pai.

Após o final do primeiro ano em Milão, os colegas já não a olhavam como ameaça, porém com certo desejo. Eugênia era muito bonita, natural que despertasse interesse. Resistiu por alguns meses até que conheceu um homem que, como os tintos que passara a apreciar, era bastante seco. Metódico. Entediante. Perfeito.

Poderia então voltar ao Brasil: marido novo, italiano, sucesso absoluto no emprego, experiência e dinheiro acumulados com esforço próprio. O pai não poderia dizer nada. Percebera que o amor moldava-se à situação particular da vida de cada um. Teve um sonho com o ex-marido e ignorou o ocorrido. Pensou que o pai aprovaria o novo casamento, pensava até em dar-lhe um neto. Tudo pronto para a viagem, falou com a mãe ao telefone:

"Chegamos amanhã. . ."

A mãe não permitiu que terminasse a frase:

"Seu pai passou muito mal hoje pela manhã, não resistiu a mais um aumento da pressão. O enfarte foi fulminante."

Viajaram para os funerais. O novo marido foi apresentado a todos com economia de palavras. O pai morto era a última coisa que Eugênia esperava em sua volta quase triunfante ao país.

Depois de negar o ocorrido, de tentar acreditar que nada estava acontecendo, Eugênia passou a vivenciar profundamente a morte do pai. No afã de tirar de si toda dor, resolveu senti-la fundamente, como se raspasse, do canto mais obscuro de seu ser, toda réstia de sofrimento armazenada nas sombras, escondida nas dobras. Encheu-se da dor completamente para que, ao expulsar o sentimento, este saísse único, compacto, sem deixar qualquer vestígio.

Tempos difíceis seguiram-se com a volta à Itália. Não suportava mais viver longe de casa. O marido, alheio a qualquer reação dela, continuava a vida pacatamente, sem novidades. Eugênia não tinha mais motivos para estar ali: o pai, força maior a que se contrapunha, não mais existia. Não precisava provar nada a mais ninguém.

Num domingo ensolarado, acordou bem cedo, olhou o companheiro que ressonava profundamente e resolveu partir. Mudou a roupa e pediu um táxi rumo ao aeroporto. No apartamento espaçoso, ao lado do relógio caríssimo presenteado pelos sogros, deixou um bilhete sucinto.

E a ferida, ao contrário de curar-se, aumentava. Qual uma falha geológica, permanecia exposta, aguçada pela lâmina do tempo.

Fronteiras

para Cris

Ela me disse que os crisântemos eram flores de enterro, que cobriam as frias alamedas dos cemitérios. Largados meio sem querer entre um nome pomposo e um sobrenome comum, permaneciam intocados, como objetos que já ninguém usa.

Intrigou-me a idéia do abandono casual dos crisântemos.

Ela me falava também de outras flores, algumas até com maiores detalhes, mais paixão: conhecia violetas, orquídeas, bromélias, tulipas, papoulas. Destas, deixou-me a vaga dúvida se conhecera os domínios obscuros de Morfeu. Contava-me segredos do oriente, falava dos velhos poetas: *Mallarmé, Baudelaire, Rimbaud.* Todos usuários febris. Mas à memória, dias depois, voltaram os solitários e insistentes crisântemos, e o certo desprezo que minha amiga a eles conferia.

Lembrou-me a primeira noite em que nos vimos. Os olhos

dela também não me saíam da mente. Não sei o que mais me impressionou: se o sorriso, se a forma quase displicente da fala, se o trepidar do corpo, bandeira ao vento sinalizando os domínios de um país voluptuosamente abençoado. Hasteava aquele pavilhão deixando bem claras suas fronteiras, mostrando-se protegida mas deixando claro também que, uma negociação bem elaborada permitiria não a invasão, mas uma visita planejada de estrangeiros. Mulher impecavelmente perfumada, não à toa sentir-se à vontade diante das flores.

Olhou-me dissimuladamente. Dificuldades de aproximação, amigos ocupados em fazer-lhe a corte. E passaram-se os dias, naturalmente. As flores crescendo desordenadas.

Tempo de exposições na cidade: já não pensava nela. Olhando a profundidade criativa de *Miró*, As Meninas de *Renoir* como testemunha, encontrei-a, inicialmente como se me deparasse com mais uma obra dos grandes mestres: aqueles olhos ... se a conhecesse o grande *Goya* ter-lhe-ia retratado, meio de lado, fingindo desinteresse, o rosto numa luminosidade que só o espanhol sabia passar à tela. Aproximei-me, ela sorriu sem conseguí disfarçar:

"Puxa, quanto tempo!"

Senti escancararem-se as fronteiras.

Éramos apenas nós: eu e a tela valiosíssima, sem seguranças, sem câmeras programadas por computador. Era levar a obra antes que os outros dessem por falta dela. Como toda preciosidade, exigia uma manobra rápida, porém extremamente delicada.

Passamos a visitar museus. Pinacoteca. Arte Moderna. Cultura Afro-brasileira. Monteiro Lobato. *Air and Space*. Museu da Segunda Guerra. *Smithsonian*. Coisa de maníaco, lunático. Mas nos divertíamos com o *hobby* do ser humano de coletar e catalogar coisas velhas, quadros, livros cheios de pó. Ela gostava de me explicar sobre a ciência de Freud e dizia que, apesar de apreciar profundamente o seu maior discípulo e discidente, não se via em condições de aplicar suas idéias:

"Muita mitologia" – dizia referindo-se a Jung – "entendimento vasto das dimensões humanas. Não tenho segurança..."

Dizia isto com toda segurança do mundo. E me ensinava isso tudo vendo as obras-primas ou após realizar, ela mesma, obras da maior maestria. Mulher enigmática, aquela. Fronteiras exploradas, litoral vasto costeado de ponta a ponta, sentia a alegria do território colonizado.

Diante de tanto amor, a vida seguia repleta de alegrias, as noites com ela, intermináveis, os dias luminosos e tranqüilos. Terreno às vezes arenoso, às vezes fértil e exuberante.

Um imprevisto profissional fez-me trabalhar o triplo da noite para o dia. Disse a ela que as coisas estavam pretas, mas que iriam melhorar. Diante das dificuldades, ela se desestruturou:

"Você não quer mais saber de mim", disse-me inconsolável.

"Já te disse que as coisas vão melhorar...", tentei argumentar.

"Não é justo! Todo meu tempo livre, há anos, eu dedico a você. Não me abandone assim, você não vê o quanto tenho me empenhado?"

Eu tentava explicar, tentava pedir-lhe paciência, mas era com se falasse sozinho. Após longa tempestade, consegui desabafar:

"Eu só gostaria de sentir que, em meio a toda dificuldade, ainda poderia, incondicionalmente, contar com você. Olhar para o lado e vê-la ali, dando-me força. Só gostaria de sentir você comigo."

Passaram os dias a amanhecer amuados e sem sol, o que de início não notei, mas aos poucos me incomodou profundamente. Lembra-me ter olhado um jardim em frente ao nosso edifício e as poucas flores isoladas lembraram-me a história dos crisântemos, a solidão das flores brancas, lenços acenados ao vento. Aprecio as gradações. O verbo, o nome, o verso. É a utilização da palavra na substituição dos sinais de pontuação, a gradação tem esse elemento de prolongar a idéia, forma sutil e elegante de reticenciar o pensamento.

Os olhos dela perdiam o brilho e a solidão refletia-se neles. *Com que jeito acenar meu lenço branco?* Se para eles a fonte inesgotável era Jobim, para mim era ela, apenas ela, nascente definitiva das águas que banhavam meu ego e meus dias. Numa sucessão de devastações silenciosas, a nascente secara.

Como as cores que se dispersam ao entardecer, evadiram-me aqueles olhos. Mas da mesma forma que a substituição da luz deixa um vazio irrecuperável, o despertar das estrelas dá-nos novamente a magnitude da imensidão. E, como numa localidade que, por sua proximidade do mar, permite, no silêncio, a distinção do som das ondas, sinto-a ressoando em mim. Quando o coração bate mais sereno. Quando os ruídos do mundo dão lugar aos acordes sagrados da memória.

O Homem que Entendia Shakespeare

Para *Claude-Henri*, Shakespeare não era um escritor: era um universo, um idioma à parte, criado pelos palcos iluminados do céu para atormentar e engrandecer o mundo cá embaixo.

Apesar do nome francês, *Claude-Henri* era carioca da gema, nascido na Tijuca, zona norte do Rio, e criado na praia do Leme. A mãe, professora que ensinava o idioma em colégios e para alunos particulares, fez questão de escolher o nome do menino:

"Chega de miséria, homem", disse ao pai. "Chega de Zé, Tião, Mané. Vamos dar um nome bonito ao nosso filho."

O pai tinha dificuldade de pronunciar o nome, mas não se opôs: concordava com a mulher.

O menino cresceu saudável e instruído. A mãe complementava o ensino irregular da escola com zelo e rigor, queria o filho bem preparado para o mundo repleto de feras concretas e morais. Na escolinha, as tias não conseguiam falar o nome do garoto e passaram a deixá-lo de lado, comportamento comum em almas atormentadas pela insegurança e pelo preconceito.

Quando soube pela mãe que seu nome significava Cláudio Henrique, escolheu um.

"Qual o seu nome, menino?"

"Henrique!", passou a responder. E as malhas intricadas do destino já desfaziam seus embaraços, escolhera o nome que seria utilizado inúmeras vezes pelo seu maior referencial, servindo de título a vários épicos, seguidos de números romanos, que representavam a dinastia de grandes reis.

O tempo passou e, com a escolha do novo nome, não teve mais problemas na escola: seus amigos e colegas admiravam-no ou, pelo menos, não tinham grande antipatia por ele. Era chamado para festinhas e eventos culturais no colégio. Chegou até a receber o papel principal em uma peça de teatro ensaiada para o dia dos professores, aos doze anos de idade. Uma adaptação livre de *Sonho de Uma Noite de Verão.*

Desenvolveu-se bem, o garoto *Claude-Henri.* A mãe mostrava-lhe a importância da leitura de grandes clássicos brasileiros e internacionais. Lia também os escritores modernos, conhecia escultura, pintura e identificava os compositores de música clássica e ópera aos primeiros acordes reproduzidos pelo aparelho toca-discos comprado com grande sacrifício por seu Onofre, o pai, modesto comerciante.

Sua vida tomaria rumo inesperado, mal sabia ele, após ler uma crônica de Paulo Mendes Campos sobre o dramaturgo e poeta inglês, William Shakespeare. O texto, intitulado Shakespeare & companhia, deixou o menino intrigadíssimo. Já lera peças do escritor, mas a crônica o fez pesquisar quem seria, exatamente, aquela figura tão grandiosa. Mas aquele texto destoava de tudo que já havia lido, talvez pelo interesse que despertou. Começou na enciclopédia puída da sala e foi parar na Biblioteca Nacional. Tudo o que lia remetia-lhe a novas buscas, novas pesquisas e novos espantos. Inicialmente a mãe achou graça, menino determinado, este, quando bota uma coisa na cabeça, não tem Cristo que consiga tirar. Mas a graça acabou quando percebeu que o interesse virara obsessão.

"Mamãe, vou estudar Letras na faculdade. Vou estudar tudo que já se produziu sobre Shakespeare", comunicou decidido.

Foi uma tragédia. A mãe, indignada, queria saber porque não estudar os escritores franceses: Victor Hugo, Maupassant, Flaubert, Balzac. Tantos nomes ilustres e logo Shakespeare? Um inglês que ninguém sabia, exatamente se fora o verdadeiro autor da obra que lhe atribuíam. Alguns falavam em Francis Bacon, outros em Marlowe, talvez até um fidalgo anônimo. Como poderia fazer aquilo com ela?

Mas não houve jeito. Entrou na faculdade, continuou brilhante nos estudos como dantes, e, logo de início, passou a pesquisar e publicar pequenos artigos sobre a obra de seu maior ídolo. Com o primeiro dinheirinho guardado, foi a Stratford-upon-Avon, ver a casa onde Shakespeare morou, ver os locais em que se apresentava. Foi a Londres ver o local do lendário Globe Theatre e, naquele momento, não teria idéia que repetiria a visita por inúmeras vezes.

Em pouco tempo, já era um dos maiores especialistas brasileiros na obra de William Shakespeare. Começou a ser chamado para conferências em todo o país, fazer parte de bancas universitárias quando o assunto das teses era o poeta inglês, e chegou a aparecer até na televisão. Mesmo com o sucesso, ao contrário do que imaginava, a mãe não o perdoava. Tratava-o muito bem, mas se chegasse perto do assunto de seu maior interesse ouvia impropérios e acusações de traição, geralmente ditas em francês.

Casou-se e foi morar em São Paulo. Trabalhava para um grupo que futuramente se chamaria Fundação William Shakespeare, apoiado pelo consulado inglês no Brasil, com projeto de construir um teatro semelhante ao londrino e manter uma programação fixa de peças do autor, com elencos variados, mantendo temporadas ininterruptas, como as temporadas de ópera do Scalla de Milão e das grandes casas do mundo. Uma programação contínua de Shakespeare seria algo inédito, nem a Inglaterra tinha tal privilégio.

Quanto mais se destacava, mais *Claude-Henri*, que pelos ingleses era chamado de *Dr. Henry*, tinha dificuldades de relacionamento com a mãe, que envelhecia a passos largos, principalmente depois da morte inesperada do pai. Falavam-se ao telefone eventualmente e viam-se a cada dois ou três meses, pois o ilustre estudioso tinha agora a agenda tomada de eventos internacionais.

Em poucos anos, tornou-se presidente da fundação que ajudara a estruturar, era respeitado em todo o mundo e o governo inglês havia-lhe concedido, há poucos meses, o título de *Sir*. Nunca o governo britânico havia dado tal título a um brasileiro. Ficou conhecido como *Sir Henry*, o discípulo de Shakespeare.

Numa tarde fria, enquanto participava de uma mesa de debates num importante congresso europeu, recebeu um recado de que deveria ligar o mais rápido possível para o Brasil. Ficou sabendo pela esposa que a mãe estava à morte e desejava vê-lo. Voltou assim que pôde.

A velha professora fora trazida para um hospital em São Paulo, onde a nora, única parente, poderia supervisionar seu tratamento. Fora muito bem tratada e parecia aguardar apenas o adeus do filho para o suspiro derradeiro.

Ao defrontar-se com a mãe, *Claude-Henri* pediu para ficar sozinho com ela. Agradeceu-lhe por tudo e disse que se não fosse seu esforço sobre-humano e o do pai para que estudasse, jamais teria o sucesso profissional que tinha então, jamais teria se realizado tanto na vida.

A mulher, agonizante, só teve tempo de sussurrar uma breve frase, pouco antes de desfalecer completamente:

"Pourquoi pas Victor Hugo?"

Beiral

O que me atormentava era a lembrança daquela manhã iluminadíssima. Nós, na sacada do segundo andar do edifício; lá dentro, as pessoas discutindo os destinos da universidade. Lygia, fingindo estar distraída com os pombos que se equilibravam no beiral, me disse:

"Eu te amo!" – e voltou a olhar os pombos, sorridente como uma menina.

Senti tremer dos pés aos cabelos. Olhei-a contra a luz, os olhos muito claros, o semblante lívido. Pensei, atormentado:

"Será ela a mulher com quem viverei por tempos e tempos?"

Esquivei-me de um beijo apaixonado quase que casualmente. Ela me olhou sem entender, sabia que também a amava, mas entre saber e ouvir eu dizer era um abismo maior que o Grand Canyon.

Sempre me lembrava daquele momento. Achava que, ao negar meu amor por Lygia, tinha selado meu destino de infelicidade. Até que algo aconteceu.

Passei anos martirizando-me por aquele *não* que sequer fora pronunciado. Uma covardia que me consumia aos poucos, fazia-me acreditar que, por ter dispensado aquela chance, não mais tinha direito a uma nova vida, resquícios de uma criação dramática permeada por filmes americanos e novelas de TV. Esquecera-me da maior das parábolas: *vá e não erre mais*.

A cada encontro, um enredo viciado se arquitetava: a abertura com orquestração impecável, a apresentação das historietas aparentemente bem elaborada, mas o desenvolvimento era sempre fadado à interrupção. Como nos seriados dos anos setenta que terminavam no clímax das aventuras e prometiam a verdadeira ação para a semana seguinte. E, assim, passavam-se os anos. A cada nova fita, um novo desfecho desastroso.

Até que, após um desses deslizes, resolvi almoçar sozinho. O restaurante era caro, não costumava comer ali, e fiquei surpreso com a forma como as pessoas conversavam. Um tom inaudível, uma música suave de fundo que ecoava límpida e impunha-se pelos salões de pilares elegantes.

Pedi um prato simples, o garçom, muito educado, apontou-me um local em que poderia me servir de saladas. Pedi também um uísque, pois, apesar de não ter o hábito, o malte parecia combinar muito bem com o ambiente. Segui a sugestão do rapaz. Ele conduzia um carrinho repleto de bebidas caríssimas, com bastante naturalidade, como se conhecesse todos aqueles elixires de poder e sedução. Chegou a comida. Enquanto era servido o vinho, o copo sendo lentamente preenchido, fiquei pensando que nada dava certo por não ter demonstrado meu amor no momento oportuno, não ter podido passar por sobre um machismo residual dos tempos de menino. Foi então que aconteceu. Para a maioria dos clientes representou apenas um estrondo desarmonioso. Um garçom, também educado como os outros, mas muito jovem, descuidou-se com uma bandeja e foi tudo para o chão: vinhos, pratos raros, copos de cristal muito finos. O *maître*, agilíssimo, aproximou-se levantando-o com elegância e disse:

"Fique tranqüilo. Não tem problema." E retiraram-se.

Em segundos, outros funcionários limparam tudo com maestria, como se o acidente fosse esperado, como se treinassem para aquilo nas horas de folga.

Não sei quanto tempo durou a operação, mas foi tudo muito rápido. Levantei-me, ainda com a cena em mente, rumo ao toalete e fiquei surpreso com o que ouvi. Num gabinete próximo, o jovem garçom e o *maître* conversavam. De onde estavam, não podiam me ver. O rapaz, inconsolado, tentava se desculpar:

"Não sei como pôde acontecer..."

"Não foi culpa sua." Disse o homem calmamente.

"Nunca havia ocorrido, não vai acontecer novamente...", disse o moço, como se falando sozinho.

"Não foi culpa sua." Repetiu o homem, muito calmo.

"Prometo que não vai mais acontecer..." O *maître* cortou a frase com firmeza.

"Vou lhe dizer uma coisa para toda sua vida: o que aconteceu aqui hoje não foi nada. Mesmo que fosse sério, já aconteceu e só pode servir para nos mostrar os caminhos a seguir a partir de agora. Não foi sua culpa, garoto."

Perdi a vontade de ir ao banheiro, voltei a meu lugar muito pálido – percebi pelo olhar do garçom.

"Tudo bem, doutor?"

Acenei positivamente com a cabeça.

Após pagar a conta, saí caminhando sem rumo com aquela frase martelando, triturando a dor dentro de mim:

"Não foi sua culpa. Não foi sua culpa!"

Lygia, novamente, veio me beijar.

"Onde você está com a cabeça? Parece hipnotizado, olhando esses pombos sem graça."

Agora tinha certeza. Não podia ser ela. Continuei olhando o beiral, continuei divisando o futuro daquilo que eu acreditava ser o presente perfeito. Lygia retirou-se irritada.

As aves alçaram vôo e o dia claro, cheio de luz, seguiu suave, rumo ao entardecer.

Missiva

Há algumas semanas, estamos todos perplexos com o falecimento de minha bisavó. Pode parecer estranha tal perplexidade, considerando-se o avançado de sua idade, mas a importância daquela figura franzina que emigrou da Espanha e, com cinco filhos, viu-se viúva, numa São Paulo hostil a estrangeiros, foi fundamental a gerações e gerações.

O funeral foi disputadíssimo. Ela ficaria muito feliz, se lá estivesse, pois o que mais gostava era de estar cercada de gente. Muitos dos netos, bisnetos e assim por diante compareceram para a última homenagem à saudosa matriarca.

Há três dias, recebi um telefonema de uma tia-avó, também bastante velhinha, dizendo que, da modesta herança deixada, uma velha arca pertencia a mim, uma arca cheia de pó *que-não-valia-nada*, como me foi descrito por telefone. Mas herança é herança e resolvi resgatar o quinhão que me era de direito.

Chegando à modesta casa no bairro da Bela Vista, fui recebido por dona Constanza, minha tia-avó, que imediatamente levou-me a uma aposento empoeirado e quase vazio.

"Ela insistiu que eu desse isso pra você, filho. Sabia que você gostava desse tipo de velharia", sorriu minha tia.

"Mas o que há na arca?" perguntei afoito.

"Não sei. Sua avó (bisavó) era meio esquisita, assim como você, ficava dias com um livro na mão, às vezes chorava pelos cantos. Ela vivia falando que você, com essa história de escrever livros, de mandar coisa para jornal, tinha puxado a ela. Esse baú aí era o xodó dela, não deixava ninguém nem olhar pra ele."

"De qualquer forma, muito obrigado", respondi curioso em descobrir o que havia de tão especial em meu presente.

Tentei erguer a arca mas era bastante pesada. Minha tia-avó sugeriu:

"Porque não dá uma boa olhada no que tem aí? Assim, o que não prestar você já joga fora...Fique à vontade, não tenha pressa."

E me deixou só com o tesouro.

Ao abrir a caixa, uma grande surpresa. Tudo muito organizado: recortes de jornal do início do século passado, livros ricamente encadernados e alguns objetos sem muito valor, mas, certamente, com valor sentimental incalculável.

Encontrei também uma espécie de diário que contava passagens interessantes da vida de minha bisavó, o nascimento dos filhos, a vinda dos primeiros netos, passeios a lugares com as belas paisagens de antigamente.

Fui então surpreendido por dona Constanza:

"Vai dormir aí hoje, garoto!" Muitas horas se passaram. Aceitei então um chá com biscoitos inesquecíves, receita da família, que me foi servido na sala ao lado.

"E então? Descobriu alguma coisa que tenha valido sua vinda aqui?", questionou minha tia.

"A senhora não pode imaginar: aquela arca é o registro da história de nossa família e da própria história do Brasil".

Minha tia respondeu, quase falando sozinha:

"Não disse que vocês dois eram esquisitos..."

Após o chá, voltei à exploração do desconhecido e, mais que qualquer notícia ou anotação que encontrara antes, vislumbrei um envelope bastante amarelado que logo abri. Tratava-se de uma carta. Uma letra belíssima, bem desenhada, firme, que foi revelando-me um mundo inimaginável. Estremeci ao perceber que aquela carta trazia um universo inesperado, seu conteúdo poderia ter mudado o rumo de cem anos de história, o rumo de toda uma família, caso o pobre destinatário a tivesse recebido. Caso aquela peça ilustre da história dos relacionamentos seculares tivesse sido enviada.

Prezado amigo, que saudade!

Já se vão dous anos, quase três, e as águas céleres dos dias fluem serenas sob a ponte de meus sentimentos mais reclusos.

Confesso-te, e confessar é permitido a quem tem como escudo as distâncias, que não te ver é bálsamo para meus nervos, pois encontrá-lo casualmente, fingindo não saber que passas a tal horário em tal ponto da cidade e ater-me ali a esperar por ti, seria pior.

Falo em saudades, pois ódio e cólera e paixão deram lugar a este sentimento que, friamente analisando, parece-me mais próximo do amor que daqueles outros sentimentos, sovinas e agrestes.

Ah, o saudosismo!, podes me escarnear.

Mas o sentir-se feliz ao lembrar de alguém que se ama, desculpe, de alguém que se estima, é tão nobre como o observar da natureza a reproduzir-se em flores silvestres, que crescem desordenadas ordenando os pensamentos de Deus para conosco, mortais sem muita graça.

Percebeste como somos desengonçados, nós os humanos? É pensando em ti que devaneios tais tomam-me a mente, mas vê se não tenho razão: construímos edifícios enormes que abrigam livros e cadeiras inumeráveis, construímos ruas e vastas alamedas, os estaleiros orgulham-se dos navios e os americanos começam a fabricar máquinas para se andar em velocidade superior aos cabriolés. Vez por outra, põe-se abaixo as bibliotecas para se organizar o sistema de esgotos da cidade. As alamedas tornam-se feiras, os grandes navios e automóveis (é assim que se chamam), gabam-se da rapidez com que carregam de cá pra lá os envelopes do correio e a nossa mente, funcionando com força e brilho que máquina nenhuma poderia suportar, permanece à mercê das gazetas que nos dizem como falar, como caminhar, como vestir e até mesmo como nos portar nas salas de ópera.

Perdoa o rodeio, caríssimo, mas envergonha-me admitir que traço essas linhas para expressar um sentimento outrora enevoado por forças do orgulho e caprichos do pudor.

Ontem mesmo provei um vestido escarlate que te deixaria nas nuvens. O colo muito alvo, se me permite descrever a cena que vi através do espelho, contrastando com o vermelho do pano e a luminosidade dos olhos, far-te-iam perder o sono por cinco noites, se não por um mês inteiro. Enrubesce-me a face ao imaginar teu olhar e tua gentileza ao pedir permissão a papai para acompanhar-me à sala de récitas. E os rapazes todos sem palavra, tentando entender tamanha predileção de minha parte por homem aparentemente tão taciturno, que sempre fizeste questão de representar.

Digo-te que as bodas do senhor Conselheiro Francisco Olinto não foram as mesmas sem ti. Faltou o discurso de um padrinho vigoroso, de um homem que dominasse o verbo e o predicado, os adjuntos e prepo-

sições de forma a pôr beleza ao evento. Fiquei emocionada com as palavras do Cardeal, amigo íntimo da família, mas acredito que tuas palavras seriam ainda mais certeiras aos que têm, na caixa-forte do peito, um tesouro em brasa aguardando pela abordagem de um corsário sagaz.

Deves estranhar tal missiva, depois de tanto tempo, se é que não a deitarei ao lixo antes que chegue à Agência Postal. Digo que, como anteriormente já disse, a distância amaina o coração e aclara a mente e, hoje, percebo melhor tudo o que aconteceu.

Sempre te disse que gostaria de ter te conhecido mais velho, ambos na casa dos trinta anos, o que provavelmente nos traria mais alegrias e menos desavenças. Como o ímpeto da mocidade é cruel! Como pôde levar-te de mim assim, tão impunemente?

Culpo-me e sei que não é o correto, mas a culpa traz em si uma porção de consolo, pois se não houvesse cometido tantos erros, talvez tudo tivesse dado errado por não ser eu a mulher de tua vida, fato que configurou-se verdadeiro com o passar dos anos. Mas tanta revolta, tanto inconformismo não cabe aqui. Escrevo com bons sentimentos, visando à chegada de bons dias e não mirando um horizonte carrancudo e sem luz.

Escrevo para dizer que te amo, como sempre ou como nunca ocorrera anteriormente. Trata-se de um sentimento feminino e podes encará-lo como tolice de menina ou desvario de uma senhora. Agora está posto. A ausência de resposta será entendida como desconsideração de sua parte para comigo, ou mero esquecimento ou até mesmo a idéia de esta carta tratar-se de uma anedota.

De qualquer forma, já está escrita.

Sempre,

JG d'el B

Três Movimentos

Semitons

Fabíola era mulher de semitons. Na vida, tinha emprego e marido, não tinha amante ou lazer. Vivia na austeridade de quem é correto, cumpridor dos deveres, respeitador de horários. Tocava piano com partitura, mas gaguejava nos acidentes. Os bemóis, os sustenidos, causavam o incômodo de serem diferentes da pauta lisa, sem meandros.

Amava com moderação, tinha família pequena e ajustada. Uma tia louca, mas muito distante, manchava levemente a árvore genealógica perfeita. Jamais mencionava o fato, mas sentiu-se desconfortável em não o fazer ao médico que insistiu se havia na família, mesmo em parentes afastados, alguma doença grave. Diante do homem de branco que parecia ter olhar de raio X, rendeu-se temporariamente.

Tinha tesão por homem de branco, mas nunca se relacionara com um médico, ou dentista. Tesão é pecado sem volta, não ousaria confessar ao padre que desejava o clínico do bairro, o médico do posto, o pediatra da sobrinha. Além disso, dormir com o médico lhe parecia uma falta de originalidade extrema. Apesar de ser bastante previsível, jamais tomaria uma atitude dessas: instintiva, sexual.

Fabíola: mulher de semitons. Os homens a sua volta a desejavam, ela fingia ignorar e, ignorando, cumpria sua sina, seu caminho, sua ausência de melodia.

Recriação

Pedro deu-se, então, uma segunda chance. Acordou no meio da noite e, no escuro, não encontrou o travesseiro, o que lhe deu frio e medo. A cabeça doía do álcool que ainda circulava no sangue amarelado e o ar respirado com dificuldade acusava um resfriado tardio que nascera com ele e se repetia com freqüência assustadora. Os olhos pesados da madrugada lentificavam-no ainda mais e, às quatro e trinta da manhã, uma contração lancinante: seus intestinos o acordaram novamente e, numa massa fétida e dolorosa, expulsou de si um ranço de sentimento que lhe consumia as vísceras.

Eliminava a dor como se agora permitisse que seu organismo, seu ser como um todo, aceitasse a segunda chance. Tudo de ruim afloraria naturalmente e, depois do asco público, caso sobrevivesse a tal horror, viria um sorriso compensador, a ausência do veneno, o despertar para a vida. Reconvertia-se em homem e acordava em meio aos dejetos: feições condoídas de um ser humano comum. Percebia que ser inseto nada mais era que a forma mais mesquinha de criar no outro uma compaixão nauseante e a lágrima alheia já não o satisfazia. Deixava em seu rastro uma grande casca rota e dura.

Procurou a janela entreaberta, viu a manhã azulada, olhou os membros recém-brotados, apoiou-se no chão ainda levemente embriagado e pôs-se de pé. E, dos lábios cansados, brotaram-lhe versos suaves, cantigas de roda esquecidas, cascatas intermináveis de amor.

Princípios

Maura era repleta de cotidiano. Acordava sempre no mesmo horário, levava à escola o irmãozinho e ao voltar a casa, morrendo de alegria, dizia:

"Invade-me a paz quando vejo esta ponte", acidente urbano que ladeava sua alameda. Orgulhava-se de não viver em rua ou avenida.

Tinha, no viver diário, prazeres infinitos: lavar-se com paciência, costurar um vestido novo, espiar se o gato havia voltado, verificar portas e janelas. Tinha nos homens abrigo e viveu feliz o quanto pôde, sem entender, lá no fundo, um vazio assustador que vez ou outra lhe corroía a alma. Rezava com afinco, pedia com amor pelos necessitados.

Tinha apenas um defeito: jamais admitiu, com todas as suas forças, a natureza particular de sua beleza. E, por princípio ou orfandade, diante do universo que a olhava, jamais se alimentara de vaidades.

Outono

Estou andando há horas. Falta-me coragem para voltar e a casa está fria. Ela, que foi parte essencial de um passado glorioso, é hoje apenas parte da mobília. Sempre que chego, no final da tarde, surpreendo-a olhando vagamente pela janela como se estivesse em transe. O tempo, deteriorando o sorriso, anuviando o brilho dos olhos. Sinto muito sua falta. Dos dias em que nos conhecemos, de um abraço trocado ao acaso. Ficava contente em vê-la feliz. Estou andando há horas. O sol ameaça partir e o azul do céu passa a querer escurecer. Adoro esse azul. Não é a luz radiante do dia, nem a escuridão das noites sem estrelas: é algo um pouco mais suave, que traz certas esperanças.

Estou andando há horas, ela continua olhando o sol. Parece assistir a um comercial em meio à programação, seqüência de dizeres sem importância que passam despercebidas. A atenção dispensada em coisas vazias me destruía. Perde horas lendo as revistas que falam do último capítulo da novela, depois diz que não deveriam permitir que publicassem o final das histórias. Quanta preocupação vã!

Estou andando há horas. Não fossem as pernas, já não tão resistentes, jamais pararia de andar. Sem rumo. Os anos de uma convivência passiva foram-me corroendo por dentro, o comodismo daquele corpo quente ao meu lado fez-me acreditar que eternamente o seu calor seria sentido. Os anos transformaram até mesmo seus olhos, revelando-os frios, sem força, como ela sempre fora. No início, sentia-me protetor, depois, autoritário.

Caminhava sobre as folhas que caíam, depois de muito tempo. Há anos não tínhamos uma estação tão rigorosa, um outono típico dos países que possuem marcadores de tempo mais exatos que os trópicos desordenados. Surpreendi-me com as folhas no chão. Ela era como aquelas folhas. Depois de anos sustentando-se, rendeu-se ao outono dos dias, ao frio do cotidiano cheio de horários e engrenagens. *O jantar está pronto!* Não agüento mais o marasmo do jantar pronto, do café da manhã no mesmo horário, da torrada no prato já com manteiga sorrindo amarelo para mim.

Está frio. Muito frio. Um casal de namorados passa por mim e lembra-me certas promessas que fiz. Ficarmos juntos, sempre juntos, sentindo os desejos e as dificuldades um do outro. E as dificuldades sempre superando os desejos, sempre nos atraiçoando nos momentos mais impróprios, nas situações mais vexatórias. No início do relacionamento, houve alguns meses de separação. Senti-me livre e quase feliz, reconstruí amizades; meu semblante, apesar disso, carregava-se cada vez mais. Talvez fosse uma doença, mas não poderia viver sem alguém que me abraçasse de verdade, não conseguiria sobreviver sem alguém que me desse colo. Por que ela? Por que justamente ela? Milhares de mulheres no mundo e resolvi reatar tudo, novamente. Pensei que ela havia crescido, mas continuava exatamente a mesma. Fria como o vento que já me congelava os ossos. Precisava voltar para casa. Não podia fugir daquilo que eu mesmo escolhera para mim.

No dia do casamento, todo o aparato já estava armado: alguns choravam, outros agiam como se estivessem sido vitoriosos, sorrindo com sarcasmo, apontando o futuro igual e inevitável, que, a partir de então, eu também teria. Ela chegou na hora, nem se deu ao trabalho de se atrasar, nem que fosse só um pouco, para que, pelo menos uma única vez, sentisse sua falta. A música tocou, o padre resmungou, fizeram-me colocar o anel apertado, ficaram abraçando-me. Ingressava na irmandade do formalismo, da liberdade vigiada.

Venta como nunca. O sujeito da meteorologia disse que a onda de instabilidade havia passado. É o que eles mais gostam de dizer: instabilidade, sujeito ao que quer que seja no final do período. Todos eles mostram imagens que ninguém entende. Comecei a pensar naquelas nuvens que passam sobre os mapas e que eles dizem ser do satélite. As nuvens passam simplesmente. Penso se, de uma hora para outra, tudo não poderia passar. Já estou longe demais de tudo que me poderia tirar da imobilidade. A expressão dos olhos dela, hoje em dia, me entristece e assusta.

Como ela era linda! Depois da cerimônia, fomos diretamente para a lua-de-mel, os convidados um pouco constrangidos, sem saber em que bolso colocar as mãos. Sem festa, sem comemorações desnecessárias. Eu ainda me enganava com lençóis e noites sem dormir. Agarrava-me a ela tentando provar a mim mesmo que minha mulher representava mais que aquele corpo perfeito. Os amigos mais desesperados chegavam a perguntar depois do terceiro ou quarto chopp como eu, o idiota de sempre, havia conseguido a mais desejada das mulheres. Nem eu mesmo sabia. Comecei a ser respeitado. Tudo foi tão rápido que, quando percebi, estávamos perto demais, aparentemente não éramos mais duas simples pessoas, éramos a força que fazia do barro um ser vivo, das águas caóticas rios e oceanos. Mas foi por pouco tempo, como num filme francês visto há anos, talvez ela fosse *trop belle pour moi.*

Preciso voltar para casa. Está começando a chover. Uma chuva fina e insistente, insuportável, lembrou-me a incapacidade de interferirmos no processo. O processo foi desencadeado naquela noite escura, ela sequer relutou. Eu invadia sua última fronteira de liberdade e ela simplesmente deixou que tudo acontecesse. Sequer disse uma palavra.

Eu gostava muito de poesia. No início até recitava alguns versos para ela, tinha esperança de que se comovesse com o sentido das palavras. Certa noite, quando estávamos sozinhos, tentei Pessoa:

Vai alta no céu a lua de primavera
Penso em ti e dentro de mim estou completo.
Corre pelos vastos campos até mim uma brisa ligeira
penso em ti, murmuro teu nome e não sou eu: sou feliz.

Eu estava pronto para continuar, depois recitar outro e outro, quando olhei para ela e percebi que me ignorava. Perguntou-me o que eu havia dito sobre a lua, ou algo parecido. Eu estava realmente feliz, completo. Por que ela era tão imune a tudo? Está certo que a lua não era de primavera, mas... Tive vontade de gritar e largá-la ali, no sereno.

Penso nos mendigos que o enfrentam diariamente. Gostaria de passar uma noite com eles, descobrir como se arranjam com tão poucas pontes na cidade. Meu avô dizia que quem não tinha onde morar vivia embaixo da ponte. Quando pequeno, ficava imaginando que não se podia andar de carro à noite por estar cheio de gente debaixo das pontes do mundo inteiro, com uma fogueira acesa, as pessoas comendo pipoca, jogando baralho e se divertindo. Eu morria de vontade de jogar com elas. Sequer imaginava que não tinham o que comer, muito menos pipoca. Imaginei que ela pudesse nunca ter sido criança, talvez algum mecanismo atômico tivesse feito com que o tempo passasse rápido, pulando a fase infantil. Se tivesse brincado como todo mundo, teria guardado pelo menos um pouco de sentimento, um pouco de alegria.

Uma neblina repentina começou a baixar tornando as primeiras luzes da rua cada vez mais distantes. Há anos estamos incomunicáveis. Lembra-me o dia em que ela fez quarenta anos. Não faz tanto tempo assim. Esqueci-me completamente da data. Na agenda, apenas uma daquelas reuniões dispensáveis. Ao sair pela manhã, nem me despedi, estava um pouco atrasado e não quis acordá-la. Talvez ela esperasse ser acordada com flores, como da primeira vez.

Fui para o escritório, a reunião havia sido cancelada. Almocei com o pessoal de sempre e voltei para casa mais cedo. Entrei pelos fundos como sempre faço e a surpreendi com um bolo enorme diante de si. Ela o admirava como uma menina, seus olhos brilhavam como a criança que olha desesperadamente a cereja do bolo até que alguém já grande retire o brinde e o dê à menininha de sorriso triste. Ao me ver, ela percebeu que eu havia lembrado só naquele momento. Apesar da distância, ainda nos entendíamos muito bem por olhares. Ela ficou tão triste... Abertamente triste. Cheguei a ficar com pena. Nunca havia ficado com dó daquela mulher ali na minha frente, que parecia nunca ter roubado uma cereja. Tive vontade de ajoelhar-me a seus pés, pedir perdão por anos e anos de isolamento. Ela ainda era muito bonita. Tão triste diante do bolo, esperando para soprar as velas, ninguém para tirar o retrato. Já estava pronto para dizer que a amava, que começaríamos tudo a partir de uma data esquecida, mas nada aconteceu. Penso, até hoje, qual teria sido o verdadeiro motivo e perco-me em recordações.

A cidade já não pode ser vista. A névoa baixa cobriu a paisagem como se tentasse abafar as dores humanas. Ela nunca teve realmente culpa. Sempre fechada em seus pensamentos, em suas idéias, para mim, indecifráveis. Sempre deixando que as pessoas respondessem por ela. Eu achava que era falta de brio, falta de coragem para dizer um não para quem quer que fosse. Eu achava tanta coisa... Agora só consigo lamentar. Lamentar por ela ter suportado tudo calada. Lamentar a série de coincidências parecendo confirmar que havíamos nascido um para o outro.

Uma vez, surpreendi-a olhando algumas fotos de quando ainda éramos jovens. Como envelheceu nossa fotografia! Ela sorriu, talvez com saudades. Cheguei por trás sem que ela percebesse e fiquei observando. As cores originais já não existiam. Tive a impressão de ter conhecido apenas algumas cores suaves. Não fiquei preocupado em me certificar se havia alguma coisa por trás de toda aquela imagem. Não havia. Se as coisas tivessem sido diferentes, se ela tivesse aprendido a verdadeira importância da vida, tudo seria melhor. Não teria perdido tempo com tantas futilidades.

Preciso voltar para casa. Não estou mais enxergando direito. Não sei se pela idade ou por causa da névoa. O que será que ela pensa de tudo isso? Diariamente, quando ela perde os olhos no horizonte esperando o sol se retirar, como o anfitrião que se despede do último convidado, talvez pense: eu gostava tanto desse homem que hoje se diz meu marido. Não consigo entender como ele pôde transformar um futuro tão brilhante nessa mediocridade.

Febre de Existir

para Edith Pimentel Pinto,
pela beleza de seus 'Sinais e Conhecenças'

Doce é a manhã nua que me acomete a ti. Ir ao correio é um dos únicos passatempos que me distraem: ver as pessoas apressadas, olhar as vitrines repletas de novidades, ver os selos coloridos que homenageiam a seleção de futebol, a passagem do Papa, o aniversário de morte de Casimiro de Abreu. Os livros olham-me sem pressa. Canções atravessam o corredor, tudo é tão claro em mim: a saudade, a falta de carinho, os olhos de Camila. Sinto falta do corpo rijo e macio. Da voz doce e suave. Chove e poderia chover mais. Há muito lodo no fundo do rio, lodo que se espalha e se espelha nos homens de coração limpo e de cara suja. Acreditam no sofrimento como remissão, os pobres.

Duda sugere:

"Esquece a música!"

Como esquecer a música? Como ignorar a duração e o período, a farsa e a conquista? Há muito, venho tentando entender a forma como as coisas são construídas e confesso que, mesmo seguindo à risca, mesmo trilhando o rumo, mesmo lendo com cuidado o manual de instruções, fecham-se à minha frente as portas. E estariam em poder de quem as chaves, peças vis de um mal-torneado metal?

Olho os portões altos de um material rústico que não consigo identificar e fico questionando-me o porquê de não me permitirem a entrada. Um sonho sem saída, talvez. Labirinto às avessas, não se consegue entrar sabendo-se que a saída é de fácil alcance. Fotos penduradas na parede e quadros velhos, dividem o pouco espaço do quarto. Vejo tudo que se acumula e olho também o mundo lá fora. E as pessoas falando em ética, princípios morais, deontologia. Doce mistério.

Diante da falta de luz, contento-me com o velho candeeiro que, além de tudo, fornece-me certo calor nas noites de frio. A pena exige que se sugue a tinta com irritante freqüência, percebe-se a necessidade de recarregar pelas palavras que aparecem registradas numa coloração menos intensa e pela própria pena que passa a arranhar desagradavelmente o papel. O valor incalculável do diamante que está em cada lado de seu rosto me incomoda. Sonhei novamente com ela. Não consigo lhe dizer nada, enche-me os olhos de lágrimas a simples idéia de me aproximar.

Eugênio me diz, displicente:

"Algumas cópias das jóias mais verdadeiras são perfeitas."

Ele não imagina a força da palavra, não sabe que acaba de desvendar um segredo. Os olhos dela são peças vítreas que traduzem um amor difuso, peças bem-acabadas, fruto da dedicação incansável de talentoso artesão.

Hoje está com cara de Natal apesar de estarmos em setembro. Bibliotecas inteiras foram queimadas, museus destruídos impiedosamente, discos triturados junto com o lixo e a raça humana sobreviveu. Pro inferno com as obras, com toda a criação, com a produção em série. Daria minha vida, daria todo o mundo pelo seu amor. Mesmo que fragmentado. Prismático. Pérolas azuis.

Brisa do Entardecer

Mas é sempre bom quando nos olhamos nos olhos
e sabemos que temos uma história comum que nos emociona,
uma história que vence o tempo, o modo e o gesto.
Carlos Heitor Cony

Esperava por ela usando meias e um relógio velho. Sempre tive frio nos pés. O relógio me torturava mostrando o movimento ininterrupto dos ponteiros que não paravam nem mesmo para tomar fôlego. Uma pequena bússola na base da pulseira era herança de meu pai, que gostava de pescar e ia entrando no mato guiado pelo barulho dos riachos, acreditando ser orientado pelo instrumento.

"Isso aqui é uma maravilha, filho, diz onde estamos e para onde devemos seguir."

Papai agia como se a bússola fosse uma espécie de sinalizador ligado a mil satélites. É certo que nunca se perdera, sabia se posicionar, se movimentar bem em superfícies inóspitas. Mas o pequeno mostrador não seria suficiente para alguém que não conhecesse as ciladas da mata fechada.

Fiquei olhando a bússola, esperando que ela me dissesse

para onde ir. E o relógio deixando os minutos para trás, sem se importar comigo, flagrando mais um fim de tarde no qual a igrejinha, a poucas quadras dali, abalava o silêncio do bairro sempre às quinze para as sete da noite, o horizonte no final da rua entrecortado pelo mar de morros que aprendíamos na escola, que era muito mais bonito assim: alaranjado e com o dobrar dos sinos no emolduramento sonoro.

Finalmente ela chegou. Gritei pelo vão da escada que entrasse, a porta estava aberta. Não poderia atravessar o corredor e abrir a porta da rua daquele jeito, só de meias – e de relógio. Também não tinha vontade alguma de me vestir.

Ela me olhou surpresa:

"Você estava tomando banho?"

"Não, estou assim há horas, esperando você!"

"Muito bem, vista-se. Vamos ao cinema."

Disse aquilo com tanta calma que parecia ter combinado o compromisso.

Vesti-me lentamente, ela olhando uma revista:

"Você gosta dele?"

Não entendi a pergunta.

"Dele quem?"

"Do Zé Paulo Paes", disse como se fosse íntima do poeta, mostrando-me a capa da revista com o escritor em primeiro plano.

"Ah, do Zé Paulo", respondi ironicamente, com a mesma intimidade demonstrada por ela.

"Li poucas coisas dele, tenho alguns livros que ele traduziu."

"Você não estava traduzindo um livro também?", ela quis saber.

Lembrei-me de uns poemas americanos com os quais comecei a trabalhar, espécie de exercício para voltar a estudar inglês.

Fiquei surpreso com o resultado e acabei comprando umas traduções bilíngües do José Paulo Paes para ver como o mestre fazia.

Fiquei olhando para ela. Adorava vê-la nua: folheando as revistas, preparando uma novidade culinária, lendo poesia em cima da cadeira como se estivesse num palco. Acho que por isso estava só de meias. Talvez ela se inspirasse, me vendo daquela maneira, e gostasse da idéia.

Na verdade, ela detestava sentir-se acuada. Ao me ver nu, logo disse que iríamos ao cinema.

Da próxima vez, fico de sobretudo e gorro, cheio de roupa.

* * *

Chegamos ao cinema e a sessão já havia começado. Ela adorava aquele lugar que para mim não era de todo antipático. Fomos pedindo licença, as pessoas fazendo cara feia e deixando a perna para que tropeçássemos, pedindo desculpas logo depois, fingindo ter sido acidental.

Dormi durante uma boa parte do filme o que a deixou furiosa. Antes de chegar em casa, pelo telefone, dissera-me que tinha uma grande surpresa, que não quis contar depois de minha desfeita cinematográfica. Imagine, dormir no meio da projeção.

“Eu não queria ir”, repeti. “Ainda mais para assistir a um filme triste e chato como aquele.”

Foi a conta. Ela adorara o dramalhão, um filme eslavo cheio de chuvisco na tela, um som péssimo e uma atriz ainda pior que se fazia de cega. O fundo do poço.

Mas ela curtia tais atentados ao bom humor.

* * *

Ficamos dois dias sem nos falar. Então ela ligou, como se nada tivesse acontecido.

"Estou passando aí, preciso te contar algo importante. Por favor, não me espere nu como no outro dia."

"Eu não estava nu, estava de meias e usava também..." Não me deixou continuar.

"Tá bom, mas não me espere como da outra vez."

"OK", disse. "Dessa vez vou ver se arrumo um boné."

* * *

Ela chegou e logo foi tirando a roupa. Não disse nada. Me beijou e foi se jogando para cima de mim. Quem entende as mulheres? Depois de algumas horas, acordamos com a brisa do entardecer arrepiando nossos corpos despidos. A luz do quarto era de baixa intensidade, ela olhou-me nos olhos e disse sem expressões faciais melodramáticas:

"Vamos ter um filho."

Eu já desconfiava. Aquela história de ter algo importante para contar só poderia ser doença braba ou gravidez. De imediato fiquei atônito. Logo em seguida já estava feliz. Olhei a bússola de papai e o vento parecia soprar firme, vigoroso, mostrando-nos um norte seguro e almejado desde que nos conhecêramos.

* * *

Comecei a fazer análise para tentar me livrar da culpa. Na bíblia, a tal maldição não deveria chamar-se 'pecado original' mas sim 'culpa original'. Todos se sentem culpados por tudo. Os que não se preocupam com isso, ou estão fingindo, ou ainda não caíram no grande abismo das mutilações atávicas.

E foi neste intuito que comecei as sessões, por vezes muito animadas, outras tantas dolorosíssimas: eliminar a culpa original, a culpa inerente ao homem, sombra persecutória desde o brotar da existência.

Depois de meses, desisti. Percebi que fazia análise para me livrar da culpa de ter tantos questionamentos e não fazer análise. Neste dia, dei alta ao meu terapeuta.

* * *

Em casa as pessoas continuam discutindo pelos mesmos motivos: os cabelos molhados, o cheque da pizza, os resfriados mal-curados, a hora de voltar após o teatro. Mamãe continua fazendo comentários indiscretos que se constituem em breves humilhações engolidas a seco, forma tosca que tem para dizer que se importa, mas que nos deixam pequenas mágoas que vão cicatrizando ao longo do corpo marcado por açoites da infância.

As poucas caixas vazias que consegui para a mudança continuam no corredor, atrapalhando a passagem. Fui ao mercadinho:

"Preciso de algumas caixas, vamos pintar um cômodo. Apenas para os livros e alguns outros objetos."

"Pena que hoje tem pouca caixa", alegou seu Adriano, apontando para um lugar em que havia uma grande quantidade, talvez uma centena de caixas empilhadas.

"Não leve muitas", concluiu.

Homem sovina, seu Adriano, até com as caixas vazias que iriam para o lixo. Era, assim mesmo, um pouco melhor que dona Maria. Ela, também sovina, chegava a retirar das mãos dos clientes as pequenas sacolas plásticas para as compras, quando achava que estavam sendo pegas além do necessário. Seu Adriano apesar de tudo era religioso. Pedia proteção aos orixás visando à prosperidade nos negócios. Era temeroso das forças do céu quando se lembrava delas.

* * *

Tudo parece arrumar-se naturalmente: a mudança, os filhos, o cotidiano repleto de aromas, infestado de haveres e sentimentos de união e liberdade.

Vez ou outra, minha filha me ensina poesia:

"Papai, veja que verso bonito!"

E escuto-a declamando, pausadamente, palavras que, em seu conjunto poético, são mesmo belíssimas.

Flores de Feijão

O menino olhava, com certo espanto, a haste transparente e firme dando duas folhinhas que lentamente se moviam formando um ângulo reto. Como poderia sair de dentro da semente, tão frágil, uma planta inteira? Tinha oito anos e a professora na aula de ciências dissera:

"É só colocar uma semente num pouquinho de algodão e molhar."

Não podia molhar muito. O suficiente para que o algodão se mantivesse úmido, sem encharcá-lo. Então surgiria, em poucos dias, um novo vegetal com raiz, caule, folhas, flores e com muita sorte, frutos. Era surpreendente saber que aquela tira comprida cheia de feijõezinhos era um fruto. Em primeiro lugar, a palavra lembrava a ele um abacate ou uma laranja, não uma vagem sem graça. Em segundo, sabia que existiam frutas. Aquela história de fruto era mais um elemento de desconfiança para seu vasto cabedal de conhecimentos. Sempre curioso, olhava por horas as enciclopédias ilustradas que tio Walter mandava vir da cidade. Nunca ouvira falar em frutos.

Bastante descrente, realizou seu primeiro experimento *por-que-a-professora-mandou.* Molhou muito o algodão e não deixou o copo plástico ao sol. Tudo para dar errado. Afinal era impossível que, de uma semente enrugada, saísse uma plantinha como aquela mostrada na aula. Apesar do mau agouro e da sua rabugice de menino de oito anos, em cinco dias, Daniel foi presenteado com um filete tímido que ousava romper os limites da semente fixando-se no algodão submerso. Ainda não acreditava completamente: não podia ser verdade.

Resolveu, a cada quatro dias, iniciar nova experiência, agora nas condições recomendadas. No prazo aproximado de dois meses, tinha, junto à janela prismática da cozinha, vários vasilhames contendo o ser vivo em evolução: podia apreciar, como num filme, todos os passos do desenvolvimento filogenético daquela dicotiledônea pertinaz que insistia em contradizer-lhe a lógica. Era agora Darwin olhando as espécies, era o homem descobrindo o processo milenar da evolução. De tudo o que viu em sua experimentação, comoveu-lhe mais o surgimento das pequenas florinhas brancas, muito delicadas, que batizou, com bastante critério científico: flor de feijão. As flores de feijão não poderiam ser ofertadas a Andréia, é certo, menina lindíssima que dividia com ele a bancada número 12 do laboratório do colégio, mas eram flores. Não tinham perfume, pelo menos que pudesse captar, mas, em sua imaginação, tinham um aroma que invadia as casas vizinhas atingindo todo o bairro, como se, em seu jardim, houvesse flores firmes e multicoloridas.

Daniel não sabia muito bem o que fazer com todas aquelas

plantas. Dona Rita, a mãe, muito orgulhosa do filho cientista, dizia às vizinhas que o garoto estava estudando para ser doutor, que enchia a cozinha de experiências e fora elogiado pela professora. As vizinhas, também muito simplistas no seu modo de compreender o mundo, pensavam que a cozinha de dona Rita devia estar cheia de tubos e poções borbulhantes e que o menino, coitadinho, não merecia aquela vida, pois os colegas da rua estavam jogando bola, correndo atrás de pipa, tramando aventuras incríveis, enquanto ele ficava lá, derretendo o pequeno cérebro já desenganado.

Daniel não se importava com julgamentos leigos, agora conhecia o mundo encantado das ciências e utilizaria tal dom para chamar a atenção da moça que lhe tirava a atenção nos ditados, visto que não era bom no futebol e também não sabia contar piadas, coisas que as meninas adoravam. Dançar também não sabia, mas como não o chamavam para os aniversários, não corria o risco de dar vexame.

Quase no final do ano, resolveu combinar com a professora e mostrar todos os seus feijõezinhos, fato que o levaria à terra dos gigantes sem ter que se desfazer de nenhum pertence valioso da família. A professora, habituada à falta de interesse dos pupilos, surpreendeu-se com a proposta e resolveu apoiá-la com veemência: no final da semana seguinte, teriam uma exposição, ali mesmo na sala de aula, um trabalho muito bonito que seria apresentado pelo aluno Daniel. Disse isso no meio da aula, os moleques, curiosos, olharam para o colega, todos ao mesmo tempo, uns querendo saber do que se tratava, outros com inveja e o grupo dos grandões querendo bater nele para que deixasse de ser intrometido.

Daniel não cabia em si. Seria sua grande oportunidade, poderia passear de mãos dadas com sua amada, todos o cumprimentando, como vira num filme sobre os iluministas franceses, sendo homenageados pelas ruas de Paris. Avisou a mãe que precisava ir bem arrumado no final da semana, pensou até em comprar nova camiseta, mas o uniforme era tão igual ao dos outros garotos que ninguém perceberia a roupa nova.

No grande dia, caretas e olhares de interrogação espalhavam-se pela sala. Para criar uma surpresa ainda maior, as plantinhas foram guardadas na sala da diretoria até o momento da aula. Quando solicitado, Daniel atravessou a sala e desapareceu no final do longo corredor. Trouxe então nos braços, uma longa prateleira sobre a qual estavam dispostos os vasilhames, um a um, numerados, apresentando o registro das datas em que surgiram as primeiras folhas, as primeiras vagens e as preciosas flores.

Daniel não contava com o pequeno degrau que separava a professora dos alunos. Ao adentrar à sala, tropeçou e o trabalho, a evolução dos seres, as anotações preciosas foram arremessados e espalharam-se pelo chão da classe ao som de sonoras gargalhadas dos colegas. O garoto viu o mundo cair-lhe sobre a cabeça de oito anos. A professora, inconsolável, pateticamente agachada no chão, tentava recolher o que sobrara, ordenando aos alunos que se calassem. Alguns em vão, também ajudavam na coleta dos destroços. Foi quando Daniel notou aproximar-se dele alguém com algo nas mãozinhas fechadas, como se protegesse um objeto de valor. Só então percebeu ser Andréia, que, ao esticar-lhe a mão direita, mostrou o que sobrara de uma de suas flores. Em silêncio. Sem mais nenhum gesto.

Passados muitos anos do ocorrido, Daniel não mais se lembrava nitidamente dos detalhes daquela tarde fatídica. Não era hoje o brilhante cientista que planejara ser na infância, mas gravou na memória, de forma inesquecível, o sorriso que a menina abriu-lhe em meio à algazarra que tomou conta da sala. Uma flor minúscula, mostrando-se lentamente: suave, persistente, alvíssima.

Navios dos Escravos

Mais importantes que as caravelas foram os navios negreiros. As primeiras traziam as armas e a sede de poder. Os segundos não: homens e mulheres sem esperança, trazendo no peito a batida do atabaque, no caminhar o rebolado festivo das cerimônias nagô.

Pensando nisso tudo, fiquei olhando Débora que se afastava lentamente: um andar ritmado, uma elegância que vira em poucas mulheres. Pele e cabelos muito claros, que seria dela se não fossem os negros? Talvez neta de escravos, filha temporã dos cativeiros baianos, ela era acima de tudo brasileira. Uma independência quase agressiva e um jeito de agir descompromissado da escravidão de seus antepassados espirituais a norteavam. Amá-la era uma questão de puro convívio, uma questão à qual eu não oporia nenhuma resistência.

Tinha os gestos sutis, as opiniões firmes, um modo de deixar bem claro que não precisava de mim nem jamais precisaria. Difícil conquistar animal selvagem em meio à floresta, filha de Oxossi, em seu habitat natural, sem amarras com o cotidiano das emoções vulgares. Conquistá-la apenas com uma frase, uma canção, uma atitude qualquer que a desorganizasse completamente e me permitisse adentrar em tão adensado campo de força era tarefa árdua. Por ser ela como era, banhada pelas águas caudalosas de Iemanjá, nada que com as outras fosse óbvio funcionaria: um comentário pretensamente inteligente, flores no final da tarde a aguardá-la na portaria do prédio, uma viagem às montanhas no final de semana.

Nada premeditado daria certo. Só a naturalidade para atraí-la. Só o espontâneo fenômeno da aproximação sem intenções. E, como se não fosse desejo mútuo de se reconhecer, de explorar o universo imantado um do outro, prosseguíamos. Acredito que a lentidão dos movimentos só fazia do nosso mundo comum um lugar mais sagrado, cautelosamente visitado e expandido, como que provido de cercas que a cada dia se espalhassem pelas vizinhanças, sutilmente, construindo um espaço baldio, mas propenso ao arado dos sentimentos mais delicados.

Foi quando disse a ela:

"Você hoje está mais mulata."

Ela não compreendeu. Expliquei a analogia com os cativos, com o povo que nos dera graça e sagacidade. Ela sorriu um tanto contrariada, meio sem jeito e disse, para não ficar sem dizer nada, que nunca pensara no assunto. Tentei imaginar se o assunto era o fato de os negros serem nossos antepassados mais verdadeiros ou se era sobre o fato de ela estar mais mulata.

Poucos dias depois, Débora me procurou:

"Será que o amor, as paixões que nos guiam são também herança dos negros?"

Não respondi imediatamente. Os olhos dela, profundos como o sentimento que nos unia, brilhavam ainda mais. Acabei dizendo:

"Acho que sim, acho que sim . . ."

Ela então olhou-me fixamente. Vi rebelarem-se senzalas inteiras, dentro de mim não era mais possível a contenção do desejo que se acumulava diante da escassez de sinais emitidos por ela até então.

Fixei também meus olhos nos dela e respirei fundo o ar daquele amor finalmente alforriado pelas circunstâncias. Não havia leis, apenas a ordem maior daquela que, havia muito, permeava de gratidão e sentido os meus sonhos. Estava deflagrada a rebelião. Fundava-se, naquele instante, o mais nobre dos quilombos.

Sintonia

Ambos estavam felizes, sabendo da força exercida pela presença do outro. Vivenciavam cada momento daquela companhia sagrada, em profunda sintonia e jucunda comunhão.

Era às vezes estranho imaginar que, há tão pouco tempo, nem se conheciam e, hoje, não conseguiam imaginar a vida sem que o outro estivesse por perto. Não sabiam explicar. Apenas sentiam.

Danilo admitia:

"Quando ela não vem, nada funciona. O computador dá pau, a TV sai fora do ar, a geladeira fica desregulada derretendo todo o sorvete. Sem ela, uma anestesia sem nexo me arrebata. Olho e não vejo graça. Procuro e não acho nada."

Era como se seu coração também derretesse um pouco, causando uma sensação de vazio dentro do peito, uma falta do que fazer, um não ter para onde ir insuportável.

Teresa não podia negar:

"Quando ele se aproxima, um calor ameno toma conta do ambiente, uma alegria festiva permeia os comentários e acontecimentos. Quando ele está, o filme é mais interessante, o futebol é mais desconcertante, o sol nasce e se põe com mais vigor e elegância."

Ambos estavam felizes, porém passaram a perceber certa dependência incômoda. Jamais haviam se deparado com tal sentimento, com tamanha intensidade.

Preocuparam-se, mas perceberam também que a suposta dependência não era doentia como em vários relacionamentos dos quais se lembravam.

Seguiram.

Em profunda sintonia e jucunda comunhão.

Agradecimentos

Ao amigo Daniel Rubio de Souza, que aos dezesseis anos, revelou-me a existência da narrativa.

A Cacá Moreira de Souza, por elucidar os tenebrosos caminhos da escrita.

A Paulinho de Carvalho que, após saber da existência dos textos, convenceu-me da alegria que é manuseá-los e vê-los tomando a forma do livro, emoldurando-se, vindo definitivamente à tona.

Agradecimentos especiais a

Maria Luíza, pelo apoio e pelas observações sempre sensíveis e pertinentes.

Francisco Costa pela delicadeza em aceitar redigir a apresentação deste livro.

Ivan Prado Teixeira, pela amizade e, acima de tudo, pela confiança.

Alcino Mikael Filho, Ivana Leite e Nelson de Oliveira, pelos apontamentos de extremado valor.

Eduardo Carvalho, pela paciência em ler os originais e pelas observações sempre precisas e sensíveis.

e a meu editor, Plínio Martins Filho, pela realização desta obra e pelos infinitos caminhos abertos a partir de então.

Pela amizade, incentivo e carinho: minhas irmãs, Vanessa e Janaína Moreira, Alexandre Barbosa de Sousa, Alexandre Estrella, Alexandre Ferrari, Carlos Luis Campana, Cristina Diogo, Daniel Bernardes, Denise Caldeira, Ênio Squett, Ewerton Ianhes, Fernanda Fernandes e Francisco Fernandes Júnior, Fernando Herbella, Gustavo Focchi, Joca Reiners Terron, João e Marden Negrão, Jorge Coli, Prof. José Alves, José Christian Ceará Ximenes, Juan Matias, Lena e Nelson Pedro Parisi, Manu Lafer, Marcelo Cattan, Márcia e Eduardo Purcelli, Mary Hokazono, Mauro Fisberg, Melissa Mota, Patrícia Neves e Fábio, Paula Molinari e Edson Secco, Pauleca Marcondes e Edson Reis, Priscila Beltrame e Fábio Cesnik, Ronald Maia, Rubens Gossn e Walter Vergara.

E ao pessoal do Rio de Janeiro, também pelo carinho, Affonso Romano de Sant'anna, Bianca Ramoneda, Carlos Andreazza, Carlos Jazzmo, Cris Brandão, Heloísa Seixas, Ítalo Moricone, Jô Novaes, Marcelo Valença, Mauro Ventura, Patrícia Melo, Sérgio Rodrigues, Úrsula Marini e Vany Paiva.

Título	A Lâmina do Tempo
Autor	Moacyr Moreira
Produção editorial	Ricardo Assis
Foto de capa e 4ª capa	Edson Reis
Projeto gráfico de capa	Adriana Komura, sobre fotos cedidas pelo autor
Projeto gráfico	Adriana Komura
Editoração eletrônica	Adriana Komura
Revisão de texto	Eduardo Carvalho
Formato	14 x 21 cm
Tipologia	Bodoni book
Papel	Pólen rustic areia 85 g/m2 (miolo)
	Cartão supremo 250 g/m2 (capa)
Número de páginas	152
Impressão e Acabamento	Lis Gráfica